INSTITUT IMPÉRIAL DE FRANCE

DISCOURS DE RÉCEPTION

DE

M. AUTRAN

RÉPONSE

DE

M. CUVILLIER-FLEURY

DIRECTEUR DE L'ACADÉMIE FRANÇAISE

Lue à la séance publique annuelle du 8 avril 1869

PARIS

LIBRAIRIE ACADÉMIQUE

DIDIER ET Cⁱᵉ, LIBRAIRES-ÉDITEURS

35, QUAI DES AUGUSTINS

1869

DISCOURS

DE

M. AUTRAN

Paris. — Imprimerie Adolphe Lainé, rue des Saints-Pères, 19.

DISCOURS

DE

M. AUTRAN

PRONONCÉ

A SA RÉCEPTION A L'ACADÉMIE FRANÇAISE

le 8 avril 1869

PARIS

LIBRAIRIE ACADÉMIQUE

DIDIER ET Cⁱᵉ, LIBRAIRES-ÉDITEURS

QUAI DES AUGUSTINS, 35

—

1869

Paris. — Imprimerie Adolphe Lainé, rue des Saints-Pères, 19.

DISCOURS

DE

M. AUTRAN

MESSIEURS,

Ne vous étonnez pas si ma première parole, en arrivant au milieu de vous, est une parole de tristesse, et si ma douleur parle avant ma reconnaissance. J'arrive au lendemain d'un des plus grands deuils de la poésie moderne ; je pénètre dans le temple au moment où vient d'en sortir ce chantre immortel qui fut l'enchantéur de tout un siècle. Et ce n'est pas seulement le prince des poëtes dont mes yeux cherchent la place vide, ce n'est pas seulement l'historien, l'orateur, le citoyen, dont je déplore avec vous la perte ; c'est aussi, — pardonnez à l'égoïsme des regrets, — c'est le glorieux patron de ma jeunesse, l'illustre ami de ma vie entière. Pourrais-je ne pas me souvenir que ses encouragements m'ouvrirent la carrière ; que je lui dus, peut-être, de poursuivre des travaux qui reçoivent aujourd'hui la plus haute des récompenses? Vous comprendrez que j'aie eu à cœur d'honorer cette grande mémoire avant même de rendre hommage à l'éminent écrivain que votre bienveillance m'appelle à remplacer.

Celui-là, Messieurs, ne s'est pas endormi plein de jours ; ouvrier laborieux, il était encore à sa tâche, il y était dans toute la brillante maturité de l'âge, dans tout l'éclat d'un talent pur, honnête et vigoureux, quand la mort est venue le surprendre. Elle l'a frappé, on peut le dire, en pleine séve, en pleine gloire, et telle a été la rude épreuve infligée à ce cœur vaillant que désormais, quand on prononce le nom de François Ponsard, l'admiration elle-même ne s'éveille qu'après l'attendrissement. Ainsi procède la destinée : habile à composer la tragédie humaine, elle termine par la souffrance ce qu'elle a commencé par la joie et par l'ovation.

Qui ne se souvient de ces heureux débuts? Jamais poëte ne trouva les abords de la carrière mieux préparés et plus faciles. Jamais le dur sentier qui mène à la gloire ne fut mieux aplani sous les pas d'un nouveau venu. On eût dit qu'une fée bienfaisante avait jeté sur son berceau un des dons les plus précieux de ce monde, cette fortune des poëtes comme des capitaines, le don d'arriver à propos. Quand il apparut, c'était son heure ; la foule, ramenée aux anciens modèles par une tragédienne inspirée, commençait à se détacher de la poésie aventureuse et sans frein, du drame turbulent et audacieux.

Un idéal qui ressemblait à un regret reparaissait à l'horizon. On appelait celui qui s'en ferait l'interprète, on l'attendait, on le pressentait. Survenir à ce moment-là, n'est-ce pas toujours, et sur tous les théâtres, le premier gage du succès ?

A Dieu ne plaise, Messieurs, que je parle avec indifférence du mouvement littéraire qui s'était produit avec tant d'éclat sous la Restauration, et se continua sous le gouvernement de Juillet. Mes premières paroles ont témoigné que je n'oublie pas ce que furent pour nous les maîtres illustres dont l'heureuse témérité ouvrit des voies nouvelles à l'imagination, releva le niveau des esprits, et infusa comme un sang nouveau dans la langue elle-même. Ce n'est pas dans cette enceinte qu'il serait possible de l'oublier : plusieurs d'entre eux sont ici présents; et s'il en est un qui manque sur ces bancs, il est de ceux dont la gloire n'est jamais absente ! Méconnaître ce que l'œuvre de ces hommes eut de généreux et de fécond ne serait pas seulement de l'injustice, ce serait de l'ingratitude. Quiconque date de cette époque a reçu d'elle quelques-uns de ses dons ; son influence s'est fait sentir à ceux-là même qui la combattaient, et, à défaut d'autres bienfaits, nous lui devrions des souvenirs qui se confondent pour nous avec l'image même de la jeunesse.

C'est particulièrement au théâtre que se portait l'esprit de hardiesse et d'innovation. Secouant de vieilles entraves dont il ne voulait reconnaître ni la légitimité ni l'utilité, il s'inspirait du libre génie de l'Angleterre et de l'Allemagne, il s'inspirait surtout de sa propre audace, et la scène lui dut quelques-unes de ces créations dont la puissante originalité passionne la foule. L'écho répète encore, de temps en temps, les applaudissements de ces soirées qui ressemblaient à des combats et dont les noms sont restés comme des noms de victoires.

Ces triomphes cependant devaient avoir un lendemain. Les marches forcées ne se font pas sans lassitude. Le goût public a ses variations ; il regrette souvent ce qu'il a quitté. Il en vint à se demander si cet art superbe et régulier qui fut pendant deux siècles l'orgueil et la fête de notre théâtre était vraiment à jamais perdu. Ne devait-on plus le revoir dans sa sévère majesté ? Fallait-il compter le fronton de son temple parmi les ruines du passé ?

Ce fut vers ce moment qu'un bruit inattendu circula dans Paris : la tragédie n'était point morte, elle n'était qu'endormie. Un jeune homme, un inconnu, un enfant de la province l'avait retrouvée respirant encore dans sa tombe, et Melpomène, grâce à lui, devait reparaître au premier soir dans sa beauté rajeunie. La bonne nouvelle avait pour messager un ami du poëte, un précurseur dévoué qui le devançait à Paris, et qui allait par la ville prophétisant sa gloire.

Ce précurseur, Messieurs, permettez-moi de le nommer devant vous : il s'appelait Charles Reynaud. Poëte lui-même, — moissonné dans sa fleur, — quelques-uns de ses vers sont restés dans la mémoire de cette aimable postérité qui se compose d'un groupe d'amis fidèles. Un jour qu'il se promenait aux bords du Rhône, il avait rencontré Ponsard qui, assis sur la rive du fleuve, se récitait à lui-même une tirade de sa *Lucrèce* à peine achevée. Une de ces brusques sympathies qui sont comme les coups de foudre de l'amitié avait soudain confondu ces jeunes cœurs. Heureux âge que celui où un passant devient subitement un ami, à qui on lit sa tragédie ! Ponsard avait lu sa pièce, et, peu de jours après, Ch. Reynaud commençait à Paris sa mission d'enthousiasme et de dévouement. Pendant plus d'une année, il alla présentant partout *Lucrèce*, affirmant ses beautés, lui frayant à tout prix les voies rebelles du théâtre. Cela sortait de l'ordinaire, une ardeur si grande pour la cause d'autrui ! Le directeur de l'Odéon, chez qui l'errante *Lucrèce* était enfin recueillie, en vint à soupçonner quelque stratagème, à se demander si cet admirateur si empressé ne serait pas le poëte en personne, s'abritant sous un nom d'emprunt pour dire plus librement ce qu'il pensait de son œuvre. La pièce entrait en répétitions : « Ce pseudonyme de Ponsard, lui dit-il un soir, y tenez-vous toujours beaucoup ? »

Le véritable auteur ne pouvait tarder plus longtemps à se montrer. On vit alors arriver de sa province un jeune homme simple et cordial, réservé dans ses paroles, timide dans son maintien, gardant un peu de cette rusticité virgilienne qu'il semblait tenir de son commerce avec les citoyens de l'ancienne Rome. Il n'avait, lui, rien de l'assurance de son précurseur. Telle était, au contraire, sa modestie qu'elle fit douter de son talent. Hélas ! disons-le tout bas, la modestie a ses dangers ; et c'est par prudence, il faut le croire, que les habiles s'en débarrassent. — Le doute, une fois en chemin, ne s'arrêta plus. Que pouvait être cette tragédie dont quelques-uns faisaient

d'avance tant de bruit? Probablement une œuvre mal
venue, ébauchée en rhétorique sur les bancs du collége.
Car, vous le savez, Messieurs, en ce temps-là tout écolier faisait sa tragédie, qui son *Coriolan*, qui son *Régu-
lus*. Ce titre seul de *Lucrèce* indiquait suffisamment la
source.

Les méfiances persistèrent jusqu'au dernier instant.
Mais le jour vint enfin qui devait résoudre la question.
Une foule impatiente assiégeait le théâtre de l'Odéon. La
toile se leva, les premiers vers furent dits, et, dès lors,
aucun doute n'était plus permis. C'était bien une vraie
muse qui parlait sur la scène, c'était la voix de la muse
antique dont on croyait entendre un écho.

> Lève-toi, Laodice, et va puiser dans l'urne
> L'huile qui doit brûler dans la lampe nocturne.
> Les heures du repos viendront un peu plus tard :
> La nuit n'a pas encor fourni son premier quart;
> Et je veux achever de filer cette laine,
> Avant d'éteindre enfin la lampe deux fois pleine.

A cette mélopée, à cette première scène où Lucrèce
exprime en si beaux vers les purs sentiments de son
cœur, l'auditoire tout entier se sentit gagné. Un double
charme agissait sur lui : l'antiquité du sujet et la jeunesse du talent. Il goûtait cette vieille histoire, il aimait
cette poésie nouvelle, cette poésie à la fois héroïque et
familière qui ne lui rappelait ni la tragédie solennelle et
pompeuse du grand siècle, ni la tragédie routinière et
sans couleur des poëtes de l'empire. L'inexpérience elle-
même ajoutait son attrait à cet heureux poëme. L'inexpérience réussit quelquefois au théâtre mieux que l'habi-

lcté. Chez celui qui débute, elle a un air qui ne déplaît pas, on l'appelle candeur, et l'on attend d'autres occasions pour lui donner un nom moins aimable. Un art consommé eût-il trouvé d'ailleurs rien de plus attachant que ce premier acte de *Lucrèce?* Le théâtre a vu rarement une exposition plus belle et plus grande dans sa simplicité. Elle nous transporte au foyer même de la maison romaine, alors que planait sur elle le rude génie des premiers âges. Voilà bien le gynécée, voilà les dieux protecteurs, voilà l'humble quenouille de la matrone. Quelle noble et touchante figure que celle de cette femme aux yeux baissés, assise au milieu de ses esclaves, et leur donnant l'exemple du travail et des vertus austères! Comme elle est bien la digne épouse du mari absent, du soldat qui est allé combattre pour la grandeur de la cité naissante ! Ses fuseaux à la main, chaste et laborieuse, on dirait le lis des champs filant lui-même sa tunique ; on pense à la femme forte de Salomon, et l'on respire je ne sais quel parfum de cette religion domestique qui fut la mère du patriotisme romain. A une pareille figure il fallait un pendant digne d'elle ; ce sera le personnage de Junius. Sur ces deux têtes repose et se partage tout l'intérêt du drame. A eux deux, Junius et Lucrèce, ils mènent l'action jusqu'à son terme, jusqu'à l'heure où la femme outragée lave l'involontaire souillure dans son propre sang, et où le futur consul, poussant un cri de révolte contre les rois, apparaît comme le génie libérateur de Rome !

L'impression fut profonde. Quiconque assistait à cette première représentation en a gardé le souvenir. Après

tant de terribles inventions, tant de furieux coups d'é-
pées, tant de drames tumultueux empruntés aux som-
bres chroniques du moyen âge, l'auditoire rentrait dans
la douce lumière, dans la belle harmonie des œuvres antiques. C'était une impression semblable à celle qu'é-
prouve le voyageur, quand, au sortir d'un pays mon-
tagneux et tourmenté, où ne manquent ni les noirs
défilés ni les précipices, il débouche à l'improviste dans
une contrée avenante dont les sites réveillent en lui des
souvenirs du lieu natal. L'esprit français n'était plus dé-
paysé ; il retrouvait dans ce bel ouvrage quelques-unes
des qualités qui lui sont chères : la clarté, la mesure,
modération, un langage plus ami de la raison que de la
fantaisie, de nobles sentiments naturellement exprimés,
une pureté de lignes qui ne se sacrifie point à la couleur,
enfin de vrais beaux vers, de ces vers pleins de sens et de
force qui disent quelque chose dans chaque hémistiche,
suivant le mot de Voltaire. — Le succès, dis-je, fut immense ; il était bien acquis ; et aujourd'hui encore, quand
il relit cette tragédie toute littéraire, le lecteur ému com-
prend et ratifie les applaudissements du premier soir. Le
temps a passé sur la pure statue de Lucrèce sans en ternir
le marbre ; il lui a été donné de vivre un quart de siècle
sans tomber de son piédestal ; et c'est là, Messieurs, une
grande épreuve. Vingt-cinq ans sont un gage, ce sont
les arrhes de l'avenir, c'est le matin de la postérité !

Désormais le nom de Ponsard était un nom célèbre ;
le jour était venu d'écrire sa biographie. Ce fut à qui
recueillerait sur sa famille, sur sa jeunesse, sur ses com-
mencements, le plus de ces détails dont l'importance se

mesure à la renommée du poëte. François Ponsard était
né le 1er juin 1814, à Vienne, en Dauphiné. Fils d'un
père avocat, il fut, comme Corneille, son maître, destiné
au barreau. Il convient peut-être de remarquer cette
circonstance ; car plus tard un des caractères de son talent sera la gravité, la solidité du raisonnement, et chez
lui, comme chez l'immortel Normand, la tirade aura
quelquefois un ton de plaidoyer. Rien du reste ne fit,
dans son enfance, pressentir sa vocation poétique. Cette
muse ne fut pas de celles qui balbutient des rimes dès le
berceau. Le seul fait digne d'attention , dans ces premières années de l'enfance, c'est l'intelligente sollicitude
dont l'entoure sa mère, douce et modeste femme qui
veille sur lui, qui le soutient, l'encourage dans ses études, qui, peut-être, par un miracle de divination maternelle, entrevoit seule son avenir, et pour laquelle l'enfant devenu homme gardera toute sa vie un culte de
tendresse et de reconnaissance. On raconte que chaque
soir, à la sortie du collége, l'écolier venait repasser ses
leçons sous les yeux de cette mère attentive, et que ces
répétitions avaient lieu dans une salle à manger, d'ameu-
blement sévère, où se voyait pour tout ornement une
vieille gravure représentant la mort de Lucrèce. L'élève
grandissant prit goût aux auteurs latins. Il lut de bonne
heure Tite-Live et Tacite. Il allait s'asseoir quelquefois,
pour les mieux sentir, sur un de ces vieux débris d'ar-
chitecture romaine qu'on retrouve sur les collines de
Vienne. Heures de recueillement et de solitude, de la vie
de province, vieux livres lus et relus dans quelque coin
désert, on ne saura jamais tout ce que vous semez de ger-

mes féconds dans un jeune cerveau ! La méditation, d'ailleurs, n'absorbait pas toute l'énergie de ce solitaire. Les vieux livres étaient souvent quittés pour le fusil de chasse. On venait de lire Virgile ou Horace, on se sentait pris d'un besoin de campagne, et l'on partait gaiement pour cette chère maison de Mont-Salomon qui s'élève sur la hauteur et domine les grands horizons de la vallée du Rhône. C'est là, ses études finies, et sa toge d'avocat jetée au vent du fleuve, c'est là qu'il passa trois années à écrire *Lucrèce*. C'est de là qu'il partit pour venir assister à son triomphe.

François Ponsard, dès le début, est donc en pleine possession de sa renommée. C'était peu de le proclamer un vrai poëte, l'opinion voulut faire de lui un chef d'école : chef de l'école du bon sens. Je ne suis pas bien sûr que chez quelques-uns ce titre ne couvrît point une intention malicieuse ; car le poëte, comme tous ceux qui triomphent, avait déjà ses ennemis, et, dans l'école de la muse qui régnait alors, le bon sens n'était pas en très-bonne odeur. C'était la qualité solide, pour ne pas dire vulgaire, exclusive des dons plus brillants de l'imagination. Les amis, de leur côté, lui décernaient hautement le même titre ; les amis oubliaient peut-être que le bon sens, Dieu merci, n'était pas une nouveauté dans les lettres françaises, et que Racine et Boileau, Molière et la Fontaine auraient eu droit de réclamer. Si quelque chose prouve que M. Ponsard n'était pas indigne du titre, c'est qu'il le refusa. Il resta ce qu'il était, un homme simple et sans jactance ; porté subitement sur le faîte du temple, il n'y fut pris d'aucun vertige ; il jouit modestement de ce succès, aussi dangereux qu'éclatant, qui transformait son nom en drapeau de bataille, et l'élevait, au bruit des fanfares, en tête d'une réaction.

Ici, Messieurs, se pose une question. Ce rôle, donné par la fortune, en avait-il eu le pressentiment et l'ambition ? S'était-il dit dans sa retraite : Je relèverai l'autel des vieilles muses, et j'irai brandir ma fronde contre le Goliath romantique ? Il est permis de n'en rien croire ; il ne faut pas étudier d'un œil bien attentif l'ensemble de son œuvre pour reconnaître que ce système littéraire, dont il devint le coryphée, ne fut jamais exclusivement le sien. Il tenait du romantisme plus qu'on ne l'a cru généralement. N'avait-il pas débuté par écrire une traduction du *Manfred* de lord Byron ? Ce n'est pas impunément que l'on s'abreuve à pareille source. Il en garda toujours un arrière-goût à ses lèvres. Ce que la critique distingue avant tout chez lui, c'est un esprit sagement éclectique. Témoignant en cela de ce bon sens qu'on salue en lui, il emprunte à chaque doctrine ce qu'elle donne de meilleur. Il adore Racine, mais il n'a garde de négliger Shakespeare. Entre les deux puissances rivales, il semble rester indécis. Né au moment d'une révolution poétique, il n'apparaît pas en réactionnaire, il apparaît plutôt en modérateur. Le dirai-je ? il joue le rôle d'un de ces Girondins dont il nous a, d'un crayon sympathique, retracé la figure. La liberté sans les excès, telle serait sa devise.

Cet esprit d'éclectisme se révèle chez lui dès *Lucrèce*. Ils se payèrent d'une illusion, ceux qui voulurent voir dans cet ouvrage tous les caractères de la tragédie conforme aux lois d'Aristote. A part le rôle de Valère, qui a un faux air de confident ; à part le songe récité par Lucrèce, ce terrible songe qui semblait fait pour attacher à certaines tragédies une idée de sommeil, la pièce côtoie d'aussi près que possible le drame romantique. Ce n'est pas un poëte classique (je demande pardon d'exhumer ces mots surannés de classique et de romantique, les sujets ont leurs exigences), ce n'est pas un auteur de la vieille école qui eût osé mettre sur la scène cette figure nouvelle et bizarre de Brutus, citoyen mêlé de bouffon, qui cache ses grands desseins sous le masque de la sottise et s'interrompt à tout propos pour débiter des apologues ou des sentences ambiguës. Un classique n'eût pas davantage rapproché dans tout le tissu de la pièce deux styles qui, depuis les Grecs, étaient restés constamment séparés, le style tragique et le style comique. Par ses familiarités charmantes, la langue de *Lucrèce* s'écarte en maint endroit du langage consacré ; non loin de certains vers dont la grâce exquise émane d'André Chénier, d'autres surviennent qui, dans leur franche et verte allure, apportent un souvenir de comédie.

A *Lucrèce*, sujet classique dans un cadre à demi romantique, succède *Agnès de Méranie*, sujet romantique dans un cadre malheureusement trop classique. Ce fut l'erreur du poëte ; il oublia qu'une page de notre histoire empruntée aux annales du moyen âge, — et quel tableau plus magnifique ! — ne pouvait se développer à l'aise que dans un large cadre. Le drame populaire s'accommode mal des unités. Renfermé dans leur enceinte, il y tourne sur lui-même comme un lion dans sa

cage. Que n'eût pas été cet ouvrage, qui abonde, d'ailleurs, en beautés du premier ordre, et auquel toute justice n'a pas été rendue, si le poëte, en l'écrivant, n'eût
pas senti peser sur lui sa précoce gloire de chef de l'école
du bon sens? L'expérience, du moins, ne fut pas perdue.
L'auteur ne devait pas tarder à en recueillir les fruits, le
jour où il aurait la pensée de transporter sur la scène la
tragique histoire de Charlotte Corday. A ce nom, Messieurs, je m'incline et je salue une des œuvres les plus
sévères et les plus fortes du théâtre contemporain.

Cette fois, le poëte marche en toute liberté, il se jette
hardiment sur les pas de Shakespeare, il ose même dé-
passer les licences du maître ; car, dans les drames les
plus aventureux du poëte anglais, on distingue toujours
un nœud, une intrigue, et à peine en retrouvons-nous
quelque trace dans la pièce française. L'auteur s'est con-
tenté de découper l'histoire de son héroïne et d'en pré-
senter les scènes au spectateur dans leur ordre successif
et naturel. Ce procédé fait passer sous nos yeux la réalité
même ; il amène sans effort les plus heureux contrastes ;
tout se rapproche et se mêle dans ce beau drame, le sourire et les larmes, la grâce et la terreur, le calme du
foyer domestique et les fureurs de la rue, l'enthousiasme
et la pitié, cette étrange pitié qui se détourne de la vic-
time pour se porter tout entière sur l'assassin. Quelle
idylle charmante que la scène où Charlotte rencontre les
Girondins égarés dans la campagne! la tragédie, aux
lisières d'un bois, marche un moment dans la rosée avant
de marcher dans le sang. Quelle scène puissante que
celle où les triumvirs de la Convention viennent, sur le

cœur saignant de la patrie, se disputer le pouvoir ! Il fallait, certes, un rare courage, il fallait cette confiance ingénue qui semble ignorer les périls, pour aborder de telles figures, « terribles à rencontrer même dans l'histoire », comme l'a dit l'éminent écrivain que vous allez bientôt entendre. L'auteur eut ce courage, et il écrivit une scène dont le souvenir ne périra pas.

On a raconté que, le soir de la première représentation, un grand poëte, redescendant l'escalier de la Comédie-Française, exprimait tout haut son étonnement. C'était l'auteur de *Rolla*. Avec un hochement de tête qui semblait rétracter d'anciennes épigrammes : « Eh bien? disait-il, avouons qu'un pareil langage ne s'était plus entendu au théâtre depuis Corneille. » Quelle louange, Messieurs, et de quelle bouche ! Le vers de Corneille, c'est la grande épée des temps héroïques ; il n'est donné qu'à une main robuste de la soulever.

Et ce n'est pas seulement la beauté des vers qu'il convient d'admirer dans le drame de *Charlotte Corday*, c'est aussi, et surtout, l'intelligence d'une époque, le sens intime et profond de la couleur historique. De quelle plume, exacte autant que poétique, sont décrits ces temps et ces hommes ! Quand on a feuilleté les mémoires et les journaux de l'époque, quand on a lu ce livre des *Girondins* qui fut écrit sous la dictée d'une muse, quand on a médité sur les annales de la Révolution tracées par ces historiens illustres, enfants du même berceau, que j'appellerais aujourd'hui les gloires de ma Provence, s'il était permis de flatter la petite patrie au préjudice de la grande, on reconnaît que la poésie ne pouvait refléter l'histoire dans un plus fidèle miroir.

Il faut le dire, ce sentiment de la couleur des temps est un des traits qui distinguent le talent de François Ponsard. La critique l'avait remarqué dans *Lucrèce*, dont les Romains sont de vrais Romains de la première période ; elle l'avait retrouvé dans *Agnès de Méranie,* simple et loyale esquisse des temps chevaleresques, qui rappelle par moments la grâce de Joinville ; elle devait le revoir plus tard dans le drame du *Lion amoureux* où les mœurs du Directoire seront peintes dans leur triste nudité. L'auteur, dans la seule préface qu'il ait écrite, se rend à lui-même ce témoignage : « Avant de choisir une « action, j'ai toujours choisi une époque, et me suis dé-« terminé à traiter un sujet plutôt pour tracer la physio-« nomie d'un siècle que pour combiner une intrigue. » Une fois pourtant, une seule fois, ce noble soin de la couleur fut mal récompensé. Ce fut dans la tragédie d'*Ulysse.* Avec cette touchante naïveté de l'artiste qui croit ne rien risquer, pourvu que le beau soit reproduit, l'auteur crut pouvoir transporter au théâtre un des tableaux primitifs de l'*Odyssée.* L'épreuve était hardie : mettre en scène un héros qui revient du siége de Troie, transformé par vingt ans d'absence, une chaste épouse, modèle de fidélité, qui fait et défait sa toile éternelle, un groupe de prétendants avides, moins épris de sa beauté que de ses métairies, des pâtres gardant un troupeau dont le nom seul eût demandé jadis tant de périphrases, c'était beaucoup tenter auprès du public parisien. Ce public oublia de se dire que Platon appelait Homère le plus dramatique des poëtes, et il courut à des spectacles qui l'éloignaient moins des mœurs contemporaines.

Était-ce un revers? Ce fut plutôt un trait de lumière. Puisque Homère n'est plus de mode, pensa le poëte, abandonnons Homère, passons d'un pôle à l'autre, laissons les héros antiques pour les bourgeois modernes. Or, passer sans préparations de l'île d'Ithaque à la Chaussée-d'Antin, du palais d'Ulysse dans l'étude d'un notaire, des prétendants de Pénélope aux créanciers de Georges, c'était encore, on en conviendra, une transition qui pouvait avoir ses écueils. L'auteur s'en tire à souhait; il retrouve ici cette chance de l'à-propos qu'il semblait tenir de son étoile. Je dis mal, non ce n'est pas l'à-propos, synonyme du hasard, qu'il faut voir en pareille occurrence. C'est plutôt cette clairvoyante sagacité qui fait deviner et saisir l'occasion. Il arrive, cette fois, au moment où la soif de la richesse, où la fièvre de la spéculation se sont emparées de toutes les classes de la société française, quand les idées de devoir et d'honneur semblent passées au rang des vieilles superstitions, et il écrit *l'Honneur et l'Argent*, une comédie qui frappe juste. Peu s'en faut que la grande comédie ne soit retrouvée, l'œuvre difficile entre toutes, celle qui fait de l'étude d'un caractère sa tâche principale, qui remplit tout le tableau d'une figure largement dessinée, et n'en réserve que les marges pour les détails de l'action. A défaut de cette rare perle, nous avons du moins une franche peinture de nos mœurs, une leçon de haute moralité donnée à un temps qui n'en reçoit guère, une satire souvent spirituelle, parfois éloquente, dont la malice tempère la sévérité. Si l'auteur ne pénètre pas tout à fait dans le grand art, il est sur ses confins. Par une rencontre singulière, c'est au bon sens vulgaire qu'il en veut et s'en prend, lui, le poëte du bon sens ; il trace du personnage de **M.** Mercier une plaisante esquisse qui deviendrait aisément, avec quelques coups de pinceau de plus, une vraie figure de la famille de Chrysale. Le parterre rit de bon cœur, quand le vieux Mercier se désole et s'accuse d'avoir si mal choisi son gendre.

> L'hypocrite qu'il est nous a tous attrapés.
> Il possédait si bien la langue des affaires,
> Était si positif, riait tant des chimères,
> Traitait la poésie avec tant de mépris,
> Que j'ai cru qu'il serait le meilleur des maris.

Avouons-le, ce sont là des traits de verve comique que l'on pouvait ne pas attendre d'un écrivain né dans la tragédie. On voit qu'il s'est souvenu du précepte :

Versibus exponi tragicis res comica non vult.

Oui, il suivait le conseil d'Horace ; mais, je l'ai dit, Messieurs, il profitait aussi des exemples de Shakespeare. Une preuve en est dans cette belle comédie de *l'Honneur et l'Argent*. Le sujet est à peu près celui de *Timon d'Athènes*. Un homme dans la fortune, entouré d'amis, fêté, adulé ; la ruine survient, et ce même homme se voit abandonné de tous. Il est dans la pièce anglaise une admirable scène, d'un sentiment tout philosophique, celle où Timon, après son désastre, s'adresse à l'amitié de ceux qui furent ses convives assidus, ses flatteurs empressés, et ne reçoit d'eux, pour toute assistance, que d'hypocrites

condoléances ou des paroles évasives. Je ne redirai pas
avec quel bonheur M. Ponsard a enrichi notre théâtre de
cette scène magistrale. On rencontre également, dans ce
même *Timon d'Athènes,* un certain philosophe chagrin,
du nom d'Apémantus, qui s'en va disant à chacun son
fait et exhalant à chaque pas sa sagesse bourrue. Le Rodolphe de M. Ponsard n'est peut-être pas sans parenté
avec ce rude censeur. S'il a aussi quelques traits de notre
immortel *Misanthrope,* faut-il s'en étonner? « Le *Misanthrope* est à recommencer tous les cinquante ans. » C'est
Diderot qui l'a dit.

Mais où M. Ponsard n'a pas eu de modèle, c'est
dans le personnage de Lucile. Elle est bien à lui, cette
aimable figure, et rien de plus séduisant que cette jeune
fille, type de franchise ingénue, de dévouement et de
courage. Disons-le à cette occasion, ce fut un privilége
du talent de M. Ponsard de savoir peindre la nature fé-
minine sous ses faces les plus diverses et les plus sympa-
thiques. Il connaissait le charme et la puissance de cet
éternel féminin dont parle Gœthe. Qui voudrait y regarder de près trouverait dans son œuvre toute une galerie
de femmes dessinées d'un trait distinct et toujours heureux : les unes naïves et douces, les autres austères et su-
perbes, depuis la citoyenne de Rome jusqu'à la jeune
fille de Paris, depuis la princesse du moyen âge jusqu'à
la marquise du XVIIIᵉ siècle, depuis Tullie jusqu'à
Lydie, depuis Charlotte Corday jusqu'à cette Camille de
la comédie de la *Bourse,* qui porte dans sa condition vil-
lageoise toutes les fiertés et toutes les noblesses des âmes
bien nées. Ombres charmantes, figures variées, toutes

animées d'une étincelle de vie! Quelques-unes d'entre elles ne seraient pas indignes d'être admises dans cette région idéale que le génie a peuplée de ses créations, dans cet élysée de l'art où les filles de Sophocle se mêlent aux filles de Molière, où Dorine rencontre Antigone, où Monime donne la main à Desdémona.

Après *l'Honneur et l'Argent*, après ce succès éclatant qui permettait au poëte de suspendre à son trophée le masque de Thalie auprès du masque de Melpomène, il se fait dans sa vie une lacune et un silence. Les amis s'en inquiètent, ils se demandent les causes de cet apparent oubli de soi-même. La fierté de son âme eut-elle ses jours de défaillance? Eut-il à gourmander ce cœur, ce triste cœur, dont les poëtes ont parfois à se plaindre? Nous n'avons pas à le savoir. Ce que nous dirons seulement, c'est que ce cœur était toujours loyal et bon, c'est que cette âme ne cessa point d'être inoffensive et douce, que ce grave esprit ne sacrifia jamais à de vulgaires intérêts le culte de l'art sérieux, l'austère passion de l'idéal. Eprouvait-il un revers, il ne s'en prenait ni aux acteurs, ni au parterre, ni à la critique; il se remettait au travail avec la persévérance d'un esprit convaincu, que rien ne détourne de sa voie et qui estime l'honneur sauf pourvu qu'il n'ait parlé qu'aux instincts élevés de la foule. Avait-il obtenu un succès, il partait aussitôt, il avait hâte de porter cette joie à sa mère, il courait lui offrir le premier exemplaire de sa pièce imprimée; il revenait à sa chère maison rustique, à son humble Tibur de Mont-

Salomon ; il se retrouvait heureux au milieu des habitants de Vienne, le cœur ouvert à chacun, le sourire aux lèvres, familier, généreux, favorable à tous. On raconte les traits de cette bonté charmante. Il apprend un jour qu'une troupe de comédiens nomades est arrivée à Vienne et qu'elle s'apprête à y jouer *Agnès de Méranie*. Aussitôt le voilà qui s'alarme pour la façon peut-être hasardeuse dont son œuvre sera présentée à ses concitoyens. Il sent en même temps que son nom sur l'affiche serait pour ces pauvres artistes une occasion de recette. Que faire? Il court chercher le chef de la troupe : « Si je vous donnais, dit-il, au lieu d'*Agnès de Méranie*, une pièce inédite qui aurait pour le public un attrait de primeur? » On juge si l'offre est acceptée. Ponsard écrit en quelques heures un acte ingénieux, et tout de circonstance, qu'il intitule *Molière à Vienne*. La pièce va aux nues, et, quelques jours après, la troupe voyageuse se remet en chemin, bénissant celui qui, en cela semblable à Molière, se montrait secourable aux pauvres comédiens errants.

Tel fut cet homme, tel était ce poëte, que l'esprit de doute et de raillerie n'épargna pourtant ni au début ni à la fin de sa carrière. Que n'a-t-on pas dit pour lui faire expier une gloire dont il n'accablait personne? Quelles ombres n'a-t-on pas voulu voir dans la pure lumière de son talent? Il n'avait, il est vrai, ni l'originalité saisissante, ni la grande invention. Mais est-il bien certain que la muse n'ait plus rien à cueillir dans les sentiers connus? Un penseur qui n'a jamais passé pour abuser des lieux communs, M. Joubert, en a parlé un jour comme s'il

les aimait : « Ils sont, a-t-il dit, l'étoffe uniforme que
« toujours et partout, l'esprit humain a besoin de mettre
« en œuvre quand il veut plaire. Il n'y a pas de musique
« plus agréable que les variations des airs connus. »
Si le vers de Ponsard n'a pas, non plus, l'éclat sura-
bondant, le luxe d'images auxquels nous ont accou-
tumés nos maîtres contemporains, n'a-t-il pas, en
revanche, toutes les qualités d'une langue sobre et
sincère, ferme et nourrie de sens? La Bruyère a dit un
mot qu'il est permis de rappeler aux partisans de la
couleur outrée : « Un style grave, sérieux, scrupuleux,
« va fort loin. »

Il a dit encore : « Quand une lecture vous élève l'es-
« prit et qu'elle vous inspire des sentiments nobles et
« courageux, ne cherchez pas une autre règle pour
« juger de l'ouvrage ; il est bon et fait de main d'ou-
« vrier. »

On disait alors *ouvrier*, aujourd'hui nous disons
maître!

Cependant, après des années de silence, on put croire
que la veine du poëte était réellement épuisée. Ses propres
amis désespéraient de le revoir au théâtre. La muse, di-
sait-on, trop négligée par lui, l'avait décidément abandonné. Non, Messieurs, la muse ne lui avait pas dit un
éternel adieu. Elle reparut un jour sous les traits d'une
noble et vaillante jeune femme. Elle le prit par la main,
elle le réveilla de son sommeil, le conduisit dans la retraite et lui rendit la confiance et l'inspiration. Ce fut au

bord de l'Océan, sur la falaise normande, dans une maison qu'ouvrit à Ponsard un écrivain célèbre, dont l'amitié devait lui être hospitalière jusqu'au dernier soupir. Il vécut là, tout un hiver, de solitude et de recueillement. La mer battait le pied de la maison, le vent secouait la fenêtre, les nuages passaient et repassaient, et lui, qui jadis avait traduit *Manfred*, il retrouvait dans ce contact des éléments, il retrouvait surtout dans les douceurs paisibles du foyer, sa séve et sa verdeur premières.

Malheureusement, la mort, presque en même temps que le bonheur, avait franchi le seuil. Déjà M. Ponsard portait en lui le germe d'un mal irrémédiable. Je passe sur ces images de la souffrance. Je n'en veux tirer qu'une leçon et un exemple. Je ne veux y voir que l'énergie d'une âme qui reste debout sous les défaillances du corps, et qui, suivant une belle expression, chante sur ses ruines. Si l'on nous racontait cette triste histoire de quelque poëte des temps anciens, elle nous serait suspecte d'allégorie ; nous n'y verrions qu'une légende faite pour montrer le pouvoir de l'esprit sur la matière. Nous l'avons pourtant vu de nos yeux, ce douloureux spectacle ; nous avons vu le poëte exhaler dans un soupir chacun de ses derniers vers, et, par un tragique effort, retarder le dénouement de sa vie pour arriver à celui de son drame. Et, chose qui tient du mystère, cette œuvre ainsi créée, ce drame écrit sous les étreintes de la mort, sera précisément celui où se sentira le mieux la palpitation de la vie, ce sera le *Lion amoureux*, dont les accents eront courir sur la foule un frisson de terreur, de pitié

et d'admiration. La passion parle dans cette pièce, l'a-
mour, ce phénomène devenu si rare au théâtre ! Qui ne
sentirait les larmes lui monter aux yeux, à ce passage où
le républicain Humbert, se croyant trahi par la femme
qu'il aime, laisse échapper le cri de son désespoir et de
sa détresse !

> O Dieu ! moi qui l'aimais comme l'on n'aime pas !
> Trop ! mon honneur confus se l'avouait tout bas.
> J'ai, de ma conscience étouffant le reproche,
> Pour elle supporté l'étonnement de Hoche ;
> J'ai vu ceux dont je fus le constant compagnon
> Se déshabituer de prononcer mon nom ;
> Haines, cultes, travaux, génie, œuvre immortelle,
> Tout enfin, tout avait disparu devant elle.
> — Qu'est-ce que vous voulez que je fasse à présent ?
> Comment ranimerai-je un zèle agonisant ?
> Si vous voulez me rendre aux soins de la patrie,
> Rendez-moi donc l'ardeur que vous avez tarie,
> Rendez-moi mes élans, ma verve, mes courroux,
> Et le pouvoir d'aimer autre chose que vous !.....

Serait-ce là le cri d'Alceste ? Est-il permis de voir dans
ces vers pathétiques une involontaire confidence du poëte,
une goutte de sang des anciennes blessures ? Il mourait
en les écrivant, le triomphe le ranima. D'une main
toute frémissante de la double fièvre du succès et de l'a-
gonie, il voulut écrire son drame de *Galilée*, et la mort,
qui sait être patiente quand elle est sûre de sa proie, lui
permit cette fois encore d'achever son œuvre. Il manque,
dira-t-on, à ce dernier poëme, plusieurs des conditions
de l'art dramatique ; il est vrai, ce n'est peut-être pas une
tragédie, mais c'est mieux que cela, c'est un pressenti-

ment, c'est une élévation de l'âme vers cet infini peuplé
de mondes étincelants, vers ces régions lumineuses que la
rêverie humaine n'a jamais cessé d'interroger, et qui,
dans les nuits d'insomnie, attireront toujours la pensée
des mourants.

Quelques semaines après, François Ponsard n'était
plus qu'un nom célèbre dans nos souvenirs et dans nos
regrets. Les lettres prenaient le deuil du noble poëte ;
le théâtre, le pays s'y associaient ; sa ville enfin, la cité
de Vienne, décernait les honneurs populaires à l'enfant
que lui ramenait un pieux cortége d'amis. Elles ont gardé
la tradition des funérailles civiques, ces villes romaines
de la contrée du Rhône. Peu d'années auparavant, la
ville de Nîmes suivait d'un deuil public un enfant de son
peuple, grand cœur et noble esprit, qui, lui aussi, rappela quelquefois l'accent de Corneille (1).

Et maintenant, Messieurs, quel sera l'avenir de cet art
éloquent qui s'était réveillé sous nos yeux, parmi tant
d'applaudissements? Faut-il croire que la tragédie s'en
est allée dans un. étroit cercueil ? Pouvons-nous penser
que les couronnes déposées sur la tombe de François Ponsard seront les dernières qu'elle aura recueillies ? Non,
vous gardez une autre espérance. La tragédie, — et
quand je parle d'elle j'entends le grand art du théâtre
sans distinction de formes, — ne répond pas seulement
à cet étrange besoin du cœur humain qui, non content
de ses propres douleurs, veut encore qu'on lui donne en
spectacle des infortunes imaginaires ; elle a de particu-

(1) J. Reboul.

lières affinités avec le génie même de notre nation. La France a toujours aimé cette muse des grands combats du cœur, qui parle d'honneur et de vertu, de devoir et de sacrifice. Elle aime la tragédie comme elle aime la gloire et l'héroïsme ; et si ce sont là des passions qui s'endorment quelquefois chez elle, on sait du moins qu'elle peut toujours compter sur le réveil !

DISCOURS

DE

M. CUVILLIER-FLEURY

DISCOURS

DE

M. CUVILLIER-FLEURY

DIRECTEUR DE L'ACADÉMIE

EN RÉPONSE

AU DISCOURS PRONONCÉ PAR M. AUTRAN

POUR SA RÉCEPTION

A L'ACADÉMIE FRANÇAISE

LE 8 AVRIL 1869

PARIS

LIBRAIRIE ACADÉMIQUE

DIDIER ET Cⁱᵉ, LIBRAIRES-ÉDITEURS

QUAI DES AUGUSTINS, 35

—

1869

3

DISCOURS

DE

M. CUVILLIER-FLEURY

Monsieur,

Au moment où je m'apprête à relever dans vos ouvrages les mérites distingués qui ont appelé sur vous depuis longtemps l'attention, puis les suffrages de l'Académie française, et où je ne voudrais que vous adresser des félicitations, une pensée m'arrête. Vous deviez être reçu au milieu de nous par le Directeur en exercice à l'époque où la mort de M. Ponsard a fait le vide que vous venez remplir. Poëte, et poëte dramatique, vous aviez droit aux éloges publics d'un écrivain que le théâtre et la poésie ont également illustré; et après avoir été si finement apprécié dans le discours que nous venons d'entendre, l'auteur d'*Agnès de Méranie* devait être une dernière fois jugé par le tragique éminent qui a rendu *Marie Stuart* à la France. Au lieu du poëte, que son âge a rendu trop défiant de ses forces, vous trouvez un critique; mais ici, Monsieur, ce n'est pas l'opinion d'un seul qui vous juge ; c'est le sentiment de tous qui vous accueille.

Je vous l'ai dit, Monsieur, vous avez été précédé de loin, parmi nous, par la sympathique estime qu'inspire à vos lecteurs le sérieux et attrayant mérite de vos ouvrages. Les uns remontent à quelques années seulement; les autres sont très-anciens. Je doute pourtant qu'il y ait ici, en ce moment, un autre témoin que moi de votre premier succès. C'était en 1841. Vous étiez jeune. Un régiment revenait d'Afrique, ramené par son colonel, plus jeune que vous. Ils défilèrent sur le port, musique en tête, les fronts bronzés par le soleil africain, les corps amaigris par les souffrances d'une longue campagne, la contenance ferme, l'allure rapide, entourant leur drapeau déchiré et vainqueur, au milieu des cris de la foule. L'hospitalité marseillaise les retint cinq jours dans la joie et dans les fêtes. Un soir, au théâtre rempli jusqu'aux combles, et entre deux actes, une pièce de vers fut lue sur la scène, à l'honneur des hôtes héroïques de la grande ville, et le public applaudit avec une faveur marquée un de ces vers où le poëte avait ingénieusement rapproché :

Le jeune colonel et le vieux régiment!

Vous vous en souvenez peut-être, Monsieur; ce poëte, c'était vous.

J'avais toute sorte de raisons, quant à moi, de garder souvenir de cette scène patriotique. Le mérite de votre poésie n'était ni la seule ni la principale. Vos vers avaient été le travail d'une nuit. Vous aviez alors, vous avez quelque temps gardé cette faculté d'improvisation qui, à Naples comme à Marseille, caractérise les héritiers du génie grec. Vous êtes des Phocéens, dit-on. Le Parnasse était dans la Phocide. Vous auriez voulu y mettre aussi le Luberon, votre montagne favorite, aux flancs pittoresques, couverts de forêts et ruisselants de poésie facile. Comment résister, en effet, à cet entraînement d'un heureux naturel, quand on était né, comme vous, sur ces fortunés rivages, sous ce beau ciel bleu, tout près de cette mer qui jetait son écume, c'est vous qui le dites, jusque sur votre berceau, dans ce pays de la parole vive, instantanée, prompte à l'affirmation et à la réplique, où il semble que les rayons du soleil fassent éclore les fleurs du langage plus nombreuses que celles des jardins, et où la brise qui vient du large vous apporte des vers tout faits ? Comment résister ? Vous aviez tout ce qui favorise le généreux essor de l'esprit, étant un des rares exemples d'un poëte devenu tel sans avoir été contrarié par son père et raillé par sa famille. Votre père, homme de grand sens, chrétien sérieux, moitié commerçant, moitié marin, avait voyagé comme Ulysse ; son expérience vous avait profité. Votre mère était Grecque, vous l'étiez ainsi doublement vous-même. Vos amis, et dans le nombre un capitaine au long cours qui vous récitait « des centaines de vers de l'Énéide » entre deux voyages, complétaient cette influence de la vie intime où votre poétique vocation s'affermissait.

Poëte, vous l'étiez déjà dans ces premières ébauches où s'essayait votre facile esprit et dont votre goût sévère a fait trop inexorablement justice. Écrire en vers n'est pas toujours une preuve qu'on est poëte. Ne jamais écrire en prose, même quand on écrit beaucoup, est tout au moins une présomption de métromanie qui peut mener loin, en bien ou en mal, pour peu qu'on s'y obstine. Vous avez eu la bonne chance, Monsieur ; votre opiniâtreté était de la constance. Votre facilité annonçait une vocation. Ne parlons donc pas de cette *Semaine sainte à Rome* que vous avez soigneusement dérobée à nos recherches, ni de quelques préfaces inévitables. Nous aurions pu croire que vous étiez tout à fait brouillé avec la prose, si la réconciliation ne s'était faite aujourd'hui même, et avec éclat, sous nos yeux.

Quant à la poésie, elle vous possédait depuis votre plus tendre jeunesse. Le sujet de votre premier ouvrage, vous n'aviez pas eu à le chercher; il était venu à vous. Séduction irrésistible! une voisine, une amante ; humeur charmante et fantasque ; douces caresses suivies de brusques et soudains retours.... Vous étiez jeune, vous lui passiez tout. Revenant à elle, après une absence de quelques semaines : « le cœur me bat, écriviez-vous, comme à un amant qui revoit sa bien-aimée. » La bien-aimée, c'était la mer, la belle et poétique Méditerranée, celle dont vous disiez, en comparant le bruit de ses vagues au murmure des vastes forêts :

Leur voix n'a que des sons, la tienne a des accents!

Celle dont vous demandiez, pendant ce rapide voyage :

. . . . . Que fait-elle à cette heure?.....

. . . .

Ah ! sa vague en pleurant appelle mon retour;
Car pour qui maintenant se ferait-elle entendre?
Quelqu'un sur son rivage est-il pour la comprendre?
Qui pourrait, après moi, l'aimer de tant d'amour?

Voilà les vers que vous faisiez, Monsieur, quand vous n'en faisiez encore que de médiocres. Je les cite pour le sentiment qui les inspirait, pour l'originale et innocente émotion qui en relevait la candeur.

L'antique mythologie faisait sortir Vénus, palpitant emblème de la beauté, du sein des flots soulevés par une brise féconde. De la beauté à la poésie il n'y a pas loin; mais, pour que la poésie soit vraiment belle, l'éclosion soudaine et jaillissante ne suffit pas. Le travail y peut beaucoup plus. « Le génie est fait de patience, » a dit un grand homme, qui s'y connaissait. Vos poétiques marines, dont la première édition remontait à 1835, quand vous aviez vingt-trois ans, furent refaites et réimprimées deux fois, avec des additions et des retouches qui attestent à quel point vous étiez devenu, en restant poëte, un sévère juge de la forme et de vous-même.

Vous aviez, du reste, parfaitement compris qu'à ne vouloir peindre que la mer, vous entrepreniez une œuvre impossible. La mer vous semblait, s'il est permis de le dire, bornée par son immensité même. Elle inspirait et elle défiait votre pinceau. Saint Augustin parle d'un enfant qui essayait de mettre l'Océan à sec, en le puisant goutte à goutte dans une coquille ramassée parmi les

sables. Une pareille tâche ne vous attirait pas. Vous le
saviez bien : le vrai poëme de la mer, c'est le cœur de
l'homme, quand il en reflète, dans une intime sensation,
la mystérieuse et imposante mobilité. Tous les grands
hommes ont aimé la mer, mais du rivage, moins pour
la peindre, si ce n'est d'un trait rapide, que pour s'en
inspirer profondément. Homère lui demandait la poésie,
Démosthène l'éloquence, Platon l'essor philosophique
du haut de Sunium, Byron l'héroïque dévouement,
Bonaparte les lointaines aventures, préludes de sa
grande destinée, Lamartine la leçon que l'infini donne
au néant :

> Ainsi tout change, ainsi tout passe,
> Ainsi nous-mêmes nous passons,
> Hélas ! sans laisser plus de trace
> Que cette barque où nous glissons
> Sur cette mer où tout s'efface....

J'ai nommé Lamartine, que vous venez de louer si
dignement ; je le nommerai plus d'une fois encore dans
la suite de ce discours. Son nom, plus que jamais gravé
dans notre mémoire par un triste et récent souvenir, ne
brillait plus depuis quelques années parmi nous que par
son absence. Il est devenu plus éclatant que jamais par
sa mort. Partant pour l'Orient, Lamartine vous vit à
Marseille en 1832 ; il vous remarqua. Votre nom figure
dans la poétique introduction de son grand voyage. Les
dix années qui s'écoulent ensuite jusqu'à votre pathétique
poëme de *Milianah* (1842), passons-les. Vous le voulez.
Je ne fais pas la minutieuse analyse de vos ouvrages,

j'en recherche l'inspiration et l'esprit ; j'en voudrais tirer
quelques lueurs qui serviraient à nous faire mieux connaître votre personne. Je sais, par vos meilleurs amis,
que lorsqu'on vous connaît, il n'est pas difficile de vous
aimer ; je voudrais communiquer cette impression à tout
le monde. Vous n'avez jamais aspiré à l'originalité
bruyante, quoique de récentes satires des mœurs du jour,
publiées par vous dans un recueil périodique, aient montré la malice de votre plume égale à sa fermeté. Indépendant par le cœur, modeste envers tous, sévère à vous
seul, vos aimables qualités vous ont préservé partout des
haines littéraires, même chez les jaloux, et des inimitiés
politiques, même chez les violents. Votre vie s'écoulait
ainsi, paisible et retirée, tandis que votre nom faisait
tout seul, dès les premiers temps, le tour de la Provence.
On parlait à peine de vous à Paris, avant 1848, que déjà
vos écrits étaient partout célèbres, à Marseille, à Aix, à
Grenoble, à Lyon, et plus loin encore, dans toute la
région du milieu de la France. Un des deux éminents
confrères que je vois assis près de vous, poëte comme
vous et parmi les meilleurs, l'auteur de *Psyché* et de *Pernette*, m'a souvent dit que vos œuvres étaient fort répan-
dues, au sud de la Loire, entre la Méditerranée et les
Alpes, et qu'elles y étaient plus recherchées qu'on ne le
croyait à Paris. « On vous savait gré, ajoutait cet excellent juge, de ce que vous pouviez être lu en famille. »
La province est si arriérée ! Vous auriez pu, tout comme
un de vos jeunes compatriotes que cette tentative a récemment illustré, emprunter vos inspirations à la vieille
langue provençale. Vous avez mieux aimé parler le

français de tout le monde. Montaigne, Fénelon, Massillon,
Montesquieu, tous enfants du Midi, avaient fait comme
vous et s'en étaient bien trouvés. Français par le langage, vous étiez un disciple d'Athènes et de Rome par
la passion de l'antique, discrètement approprié au goût
moderne.

C'est Athènes qui vous a inspiré, si ce n'est la principale de vos œuvres poétiques, celle du moins qui a
répandu le plus de populaire rayonnement autour de
votre nom. *La Fille d'Eschyle* fut votre premier succès
à Paris. C'était une œuvre très-bien conçue, que vous
appeliez modestement une « Étude antique », et qui
était en réalité une tragédie très-achevée et faite pour
durer. Vous aviez atteint du premier coup à la plus
grande difficulté de l'art dramatique, la délicatesse dans
la force. Votre *Méganire* est touchante. Votre Eschyle,
parmi ces angoisses vraiment tragiques de son génie
méconnu, est un type de vigueur morale. Quand vint le
jour de représenter votre pièce au théâtre de l'Odéon,
qui l'avait reçue quelques mois auparavant, la tragédie
était dans la rue ; c'était le 9 mars 1848. Un trône
venait de tomber, entraînant dans sa chute le plus sage
des rois. Le peuple était en armes. Un immense désordre
régnait dans les esprits. Le malheur d'un vieux poëte,
jaloux d'un jeune rival, la piété de sa fille, plus forte que
son amour, l'indignité d'un prêtre de Jupiter, associé à
la poursuite amoureuse de son fils, audacieux séducteur
et lâche soldat, certes, c'était une main habile qui avait
rapproché ces incidents, puissamment lié tous ces nœuds
et fait sortir de cet ensemble une action si vive et si émou-

vante. Malgré tout, quand la toile se leva sur cette paisible maison d'Eschyle, qu'entourait un bois sacré, qui n'eût tremblé pour votre œuvre? Les spectateurs n'avaient pu arriver qu'en passant par-dessus les barricades. Le bruit de la place couvrait par instants la voix des acteurs. Votre succès, tout le monde s'en souvient, n'en fut pas moins très-grand. Je crois, Monsieur, que vous étiez comme beaucoup d'entre nous : vous n'aviez pas prévu la Révolution de Février. Mais quand on vit, dans votre drame, Sophocle, un poëte, s'adresser au peuple d'Athènes mutiné, le rallier au bon sens et à la justice, le faire passer, par la puissance de sa parole, de la colère à la pitié et à l'enthousiasme, ces coïncidences, nullement cherchées, vivement senties, ne furent pas étrangères au succès de votre talent, qui obtint ce jour-là un de ses plus beaux triomphes. La foule voulut vous voir, elle vous rappela sur la scène, et peu s'en fallut que vous n'eussiez le sort du héros même de votre tragédie que vous nous représentez subissant, après sa victoire, l'accolade des marchands de l'*Agora* et des matelots du Pirée.

Mais, hélas! Monsieur, le désordre général des affaires avait été fatal à l'administration du théâtre qui vous avait adopté. L'orage emporta l'Odéon. Vous gardiez votre pièce. Pendant cette tempête, déchaînée par les passions politiques, vous étiez comme ce poëte portugais que la légende nous montre, au moment d'un naufrage, tenant d'une main son chef-d'œuvre et nageant de l'autre. Votre œuvre, ainsi préservée, attira bientôt après les regards d'une grande actrice qui voulait la faire monter avec elle sur la scène, toujours glorieuse, du Théâtre-Français. Rachel mourut. *La Fille d'Eschyle* semblait abandonnée ; l'Académie française la recueillit et la couronna.

Le prix décennal qu'avait obtenu, en 1850, un jeune poëte, déjà célèbre, l'auteur de *la Ciguë* et de *Gabrielle*, honneur que vous partagiez avec lui, semblait vous associer à la vogue croissante de son talent, et vous appeler dans la carrière qui l'a illustré. Mais, excepté une belle imitation d'Euripide, qui est presque votre dernier ouvrage, *le Cyclope*, je ne vois pas que vous vous soyez essayé de nouveau dans un genre où votre premier effort avait révélé un maître. Faut-il croire que ce grand éclat d'un succès dramatique avait dérouté votre tranquille esprit ? ou que la vie de Paris, dans le tumulte de ses ambitions et de ses joies, vous attirait moins que cette douce existence qui vous était désormais assurée, dans une retraite doublement aimée, près de Marseille ? En vous se retrouvait ce type du poëte, solitaire et indépendant, qu'a voulu peindre, d'un pinceau si charmant, le plus implacable des satiriques de la décadence romaine ; — le poëte qu'une bonne conscience, une modestie sereine, l'amour de la campagne prédestinent à ces faveurs de la Muse, toujours jeune, qui ouvre à ses vrais amis les sources du beau éternel :

> .... *Cupidus silvarum aptusque bibendis*
> *Fontibus Aonidum* ....

Vous l'avez bien montré, dans la suite de vos écrits, entre 1848 et l'heure actuelle, période de votre vie littéraire très-remplie d'œuvres excellentes, soit celles que vous soumettiez à une refonte radicale, soit celles qu'un souffle nouveau vous inspirait. Parmi ces dernières, comment oublier un livre qui fut loué, dans cette enceinte, par l'illustre rapporteur de nos concours annuels et qui vous valut une nouvelle couronne académique? C'était *la Vie rurale*, qui, rapprochée d'une publication précédente, *Laboureurs et Soldats*, et de deux autres recueils qui suivirent dans l'intervalle de quelques années, *les Épîtres rustiques* et *le Poëme des beaux jours*, forment, suivant moi, comme les chants divers et successifs d'une épopée agricole. *Laboureurs et Soldats*, ces deux mots en effet ne résumeraient pas, avec une exactitude suffisante, l'inspiration de ces différents ouvrages. Les soldats, vous les aviez, par l'imagination, vus combattre, souffrir, mourir dans les redoutes de Milianah, où le général Changarnier, trompant l'ennemi par une héroïque surprise, vint sauver et recueillir leurs débris. Mais le combat vous attriste, la destruction vous désole, la guerre vous décourage. Les camps vous attirent moins que les champs. Aux moissons sanglantes que fauchent les escadrons vainqueurs, emportés dans la plaine, vous préférez, pour les peindre, celles que jaunit, dans l'heureuse vallée, le soleil bienfaisant sous un ciel d'azur. A la dureté de l'homme, meurtrier civilisé et enrégimenté, vous opposez la clémente douceur de la nature, qui a des caresses pour toutes les conditions, des sourires pour tous les âges :

Qu'un vieillard au jardin, pensif, marche ou s'arrète,
Fleur le voit venir sans détourner la tête :

Le rayon du soleil, qu'il cherche pas à pas,
En se posant sur lui ne se refroidit pas ;
Et l'oiseau, quand paraît cette tête chenue,
S'il chantait sa chanson d'amour, la continue (1)...

Non que vous apparteniez, Monsieur, à l'école descriptive proprement dite, cette école tant raillée du premier empire, que d'ingénieux novateurs ont exagérée de nos jours, en s'en moquant. S'il y a une boîte à couleurs dans votre atelier de poëte, il y a une âme dans votre poésie. Rien de plus moral que ce penchant qui vous porte à appliquer le plus noble des arts, la poésie, au perfectionnement des classes agricoles, à les rattacher au sol qui les a vues naître, à les faire aimer, en les rendant de jour en jour plus dignes d'estime. *Homine nihil miserius aut superbius,* disait Pline. Rien de plus misérable ou de plus orgueilleux que l'homme. Aimez-le pour sa misère, honorez-le pour sa fierté. S'aimer les uns les autres, si cela ne veut pas dire qu'il faut aimer les faibles, les pauvres, les inférieurs, — paysans, soldats, artisans, ouvriers, — saint Paul n'aurait rien dit. Il est trop facile aux riches et aux heureux du monde de s'aimer entre eux, quoiqu'ils n'en abusent pas. Ce sont les humbles qu'il faut relever. « Ah ! ne méprisez pas le genre humain, écrivait le Père Lacordaire ; le mépris est stérile ! » Et un de ses plus illustres amis. rendant compte un jour à cette place où je suis de quelques actes de vertu populaire que sa noble main couronnait : « Chez les nations chrétiennes, disait-il, les

(1) *Le Poëme des beaux jours,* p. 124.

petites vertus préservent des grandes décadences (1) ! »

Vous aviez pris à tâche, Monsieur, d'exprimer dans le meilleur langage et de propager ces idées vraiment évangéliques. Ne faut-il donc parler aux classes laborieuses que dans des livres faits pour elles, en humiliant la langue par la vulgarité familière ou brutale? Le peuple des travailleurs ne peut pas payer les beaux livres, mais il les aime. Allez le voir un jour de représentation gratuite, quand on joue pour lui *Britannicus* ou *Tartufe!* Allez à ces matinées dramatiques dont le but excellent est de faire connaître, sur une scène de mélodrame, notre immortel théâtre du dix-septième siècle à nos artisans et à nos ouvriers. Allez à ces grandes conférences du dimanche, où trois mille auditeurs, dont les trois quarts appartiennent aux classes ouvrières, accourent à la voix de quelques-uns de nos éloquents confrères de l'Institut! Les idées ne montent pas, elles descendent. Elles viennent d'en haut. Si restreint que soit d'abord le public qui les accueille, elles se répandent. Tout écrivain digne de ce nom a charge d'âmes. La poésie, qui, au dire des anciens, avait civilisé le monde, n'est pas dispensée, pour sa part, de l'instruire aujourd'hui. Personne ne l'a mieux compris que vous, Monsieur ; et, si je n'étais trop averti par l'heure qui s'avance du peu de temps qui me reste, j'aimerais à marquer, par l'idée morale qui l'a particulièrement inspiré, chacun des ouvrages compris dans cette seconde période de votre vie littéraire que nous

(1) Discours de M. le comte de Montalembert sur les prix de vertu (3 juillet 1862).

étudions. *Laboureurs et Soldats*, c'est la vie réelle, celle
de la ferme, celle du bivouac, relevée par le sentiment
du devoir, l'instinct de l'honneur, l'amère jouissance du
sacrifice. *La Vie rurale*, c'est le développement, toujours
opportun, d'un beau vers de Virgile qui est encore vrai,
en dépit de tant de moqueries, après dix-huit siècles :

Heureux l'homme des champs, s'il connaît son bonheur (1)!

Ce bonheur, il ne le connaît vraiment que lorsque,
attiré dans nos villes, l'inexorable cherté lui enlève le
surcroît de salaire que l'avide entrepreneur lui paye aux
dépens de tous. C'est alors qu'il apprend à sentir la misère sous sa forme la plus hideuse, la misère en face du
luxe, au milieu des folles joies d'une grande ville. Dans
les *Épîtres rustiques*, c'est le même sujet qui vous inspire, avec une sorte d'amer regret d'avoir été mal compris. Nous sommes en 1861 ; la désertion des campagnes
continue. Sur la ferme abandonnée vous hissez le pavil-
lon de détresse. Bientôt une noble indignation vous sai-
sit ; votre idylle impuissante se fait satire. Ah ! n'exagé-
rons pas. Votre vers n'emprunte rien à la véhémence
d'Archiloque ou à l'hyperbole de Juvénal. Votre critique
se couronne volontiers de fleurs, comme pour un ban-
quet dans le *triclinium;* elle a le rire sérieux, mais bien-
veillant; du stylet satirique, elle montre plus volontiers
la ciselure élégante que la pointe vengeresse ; on a pu

(1)   *O fortunatos nimium, sua si bona norint,*
           Agricolas !...

dire parfois de vos Églogues, ce que Chamfort disait des bergeries de Florian : « J'y voudrais mettre quelques loups ! » On en trouve dans vos satires. Ils ne sont pas trop méchants ; il vaut mieux corriger les gens que les manger ; et vous êtes fait pour convertir ceux même de vos lecteurs que vous avez le plus charmés. Et puis, quand vous vous êtes un peu plus fâché que de raison, comme dans l'épître intitulée : *Hélas ! hélas !* l'ennui vous prend de ce Paris qui a excité votre bile, vous courez à la gare, vous voilà aux champs ! A peine arrivé, vous écrivez à un ami : « Pendant que tu te consumes dans la triste contemplation de tant de misères,

> . . . . Sais-tu ce que je vois ?
> Belle autant que jamais je vois fleurir la terre ;
> Je vois briller aux cieux l'azur que rien n'altère ;
> Ainsi qu'aux plus beaux jours, de tendresse enivré,
> L'oiseau chante, et les lis n'ont pas dégénéré... »

On dirait que vous avez emprunté à ces vers le titre de votre dernier recueil, *le Poëme des beaux jours*. Ce qui le caractérise, c'est un accent lyrique plus prononcé que dans aucun de vos précédents ouvrages. Vous élevez jusqu'à son expression la plus idéale la poésie des champs. Vous épurez, dans une sorte d'extase, les joies viriles de l'agriculteur, ses grossières vertus, ses sensations égoïstes et monotones. Disciple des immortelles *Géorgiques* par la précision du trait, la description fidèle, la sympathie agricole, et d'aussi près qu'un rare talent peut approcher d'un génie unique, vous affectez davantage, dans votre dernier livre, les allures plus modernes de la

4

poésie contemplative, et vous en avez les qualités, si voisines de ses défauts. Il y a là, malgré tout, un progrès dans votre style et comme une aspiration nouvelle de votre esprit. Vous aimez à quitter terre sans perdre des yeux les objets sensibles; l'idéal n'est pour vous qu'une sorte de seconde vue de la réalité palpable, et vous laissez dans les nuages ceux qui ont intérêt à s'y cacher.

Ai-je bien résumé votre œuvre? Ah! je le voudrais, Monsieur; j'ai su l'apprécier en la relisant tout entière, et il me semble que, pensant tant de bien de vos vers, j'en ai trop peu parlé. Vous donnez un bon exemple, celui de vous corriger sans cesse et de marquer par un progrès sensible chacun de vos pas. Vous diriez presque comme notre vieux Montaigne : « Mes ouvrages, il s'en fault tant qu'ils me rient, qu'autant de fois que je les retaste, autant de fois je m'en despite... » Vous n'êtes pas de ceux qui, ayant obtenu un grand succès littéraire, l'escomptent (c'est un mot du temps) sans se gêner avec le public contemporain, et avec la postérité encore moins. Me permettrez-vous de le dire? Je n'avais à vous relever d'aucun oubli, puisque vous êtes à cette place tant désirée où l'Académie, quoi qu'on en dise, aime à rencontrer, précédant les élus de son choix, le suffrage du vrai juge, qui est le public. Pourtant j'étais un peu las de vous entendre appeler, depuis 1848, l'auteur de *la Fille d'Eschyle*, comme si depuis vingt ans vous n'eussiez rien fait. Nous avons tous ainsi, dans la série de nos travaux littéraires, un de nos ouvrages qui fait plus ou moins oublier les autres, à moins, hélas! qu'on ne les oublie tous. L'éclat d'un succès public et populaire éteint cette douce lumière qui brille modestement, au foyer de quelques-uns, sur une œuvre estimable. Les livres ont leur destin. « Ah ! disait un poëte du dernier siècle, qui avait beaucoup écrit, trop écrit, l'auteur de *la Métromanie*, ne me parlez pas de cette misérable ! c'est un monstre qui a dévoré tous mes autres enfants. » Les vôtres ont vécu, Monsieur. Ils vivront, et le public, fort rassuré sur leur existence, pourrait me reprocher, si j'insistais davantage, d'avoir voulu leur donner un certificat de vie dont votre talent n'avait pas besoin.

L'éminent écrivain auquel vous succédez avait plus d'un point de rapport avec vous. Il était un poëte, il n'avait jamais écrit qu'en vers. Comme pour vous, Monsieur, tout son bagage de prose était à peu près compris dans son discours de réception à l'Académie, qui fut jugé excellent, même après la brillante et forte réponse qui lui succéda. M. Ponsard n'avait jamais été qu'un poëte, invariablement fidèle à sa passion des beaux vers, comme vous l'avez été toute votre vie.

Comment n'est-on qu'un poëte dans un temps qui est, dit-on, si peu favorable à la poésie ? Il y faut sans doute ce que Voltaire appelait « le diable au corps ». Ne vous y trompez pas, il y faut autre chose, un peu d'écho tout autour de soi.

On nous dit tous les jours : « Il n'y a plus de poésie en France. » On nous dirait presque : « Il n'y a plus de poëtes, » le jour même où, dans cette enceinte, c'est l'auteur de la *Fille d'Eschyle* qui remplace l'auteur de *Charlotte Corday*. Ah ! nous manquons à la poésie plus qu'elle

ne nous manque. Que de gens se croient très-spirituels
en se vantant de ne pas aimer les vers, même les bons!
C'est se vanter d'une infirmité. Quant à la poésie, elle
fait son œuvre. Remontez seulement au début de ce
siècle. A quelle inspiration sérieuse a-t-elle fait défaut?
Après que la Terreur avait abattu les autels, chassé et
persécuté les prêtres, exilé Dieu lui-même, — pour res-
taurer les idées religieuses il fallait un grand docteur
chrétien, un Bossuet peut-être. Un poëte parut. Le *Génie du Christianisme*, les *Martyrs* étaient des poëmes.
Quand l'Empire succomba sous le poids de ses fautes,
entraînant la France dans sa chute, qui relevait et con-
solait la patrie? Un poëte, celui qui nous disait :

> J'ai des chants pour toutes ses gloires,
> Des larmes pour tous ses malheurs!

Des larmes, il en fallait beaucoup... Quand la France
monarchique, frappée au cœur par le poignard de Lou-
vel, renaissait à l'espoir quelques mois plus tard :

> Versez du sang! frappez encore!
> Plus vous retranchez ses rameaux,
> Plus le tronc sacré voit éclore
> Ses rejetons toujours nouveaux!

Ainsi parlait Lamartine. Quand Napoléon s'éteignait
dans le long martyre de Sainte-Hélène, qui le vengeait de
son geôlier? Des poëtes encore, quelques-uns sortis des
rangs royalistes, qui, sans pitié pour son ambition, re-
vendiquaient pourtant, au nom du pays, son immortelle
gloire qui était la nôtre. Pendant trente ans après sa
mort, de 1821 à 1851, et jusqu'à l'heure où l'admiration,

au lieu de rester une libre croyance, parut imposée comme un dogme politique, le poëme du premier Empire ne fut pas interrompu, même dans l'histoire, éloquente et vraie, de nos grandes guerres.

Non, la poésie en France n'a jamais manqué, depuis soixante ans, à aucun sentiment, à aucun besoin de notre pays. Le patriotisme a eu sa poésie comme l'industrie, la révolution comme le royalisme, la cabane comme le château, le salon comme l'atelier. Les « enfants du siècle » ont eu leur poëte, « le vieux sergent » de la grande armée a eu le sien. Ceux qui ont fait la chasse aux rois, comme ceux qui ont couru à la « curée » des places, ont trouvé un poëte pour les entraîner ou les flétrir. A. de Vigny a chanté, dans une confession posthume, la perte de ses illusions ; Lamartine, les radieuses extasés du cœur humain ; M. Victor Hugo, son « crépuscule » assombri. Et non-seulement tous les sentiments de l'époque ont eu leurs organes dans cette phalange si mêlée des fils de la Muse, « le plaisant pays de France, » comme l'appelait Marie Stuart au moment de le quitter, a eu ses poëtes, passionnés à décrire sa beauté physique, aussi bien les sommets sourcilleux de ses montagnes que ses champs fertiles et ses prairies émaillées de fleurs, les grèves étincelantes de cette mer de Provence, votre première inspiration, comme les plages de l'orageuse Armorique où se plaisait Brizeux. Ainsi le passé a eu sa part de poésie largement faite. Qui voudrait dire que le présent n'a pas la sienne, quand vous êtes là, Monsieur, entouré de tant d'amis qui vous estiment, noblement envié, hors de cette enceinte, par tant d'émules qui vous honorent? Et si nous devions regarder aussi à l'avenir, à cette Europe si mal faite ou si mal défaite, s'il fallait prévoir les mauvaises chances qui, du dehors, peuvent menacer la paix si chère à la liberté, Alfred de Musset y pensait avant nous. Tout le monde a lu ce défi railleur et hardi qu'il adressait au *Rhin allemand;* je crois même que tout le monde pourrait le chanter : la musique, dit-on, en est déjà faite...

M. Ponsard mérite de figurer au premier rang des poëtes qui ont le mieux traduit les idées de notre temps, sans les outrer, sans s'y asservir. Ce fut une erreur de croire, quand sonna son heure, qu'un chef d'école était venu. Mais on le crut, et comme nous sommes un pays qui aime, quoi qu'on en dise, à être mené, on applaudit à ce jeune maître qui semblait avoir caché une férule sous le manteau de Melpomène et qui débutait traîtreusement dans le drame par une imitation de Tite-Live. M. Ponsard eut cet honneur étrange, n'étant qu'un artiste-ingénu qui avait obéi à son instinct, de passer pour un magistrat de l'art qui venait faire la police dans la République des lettres et rétablir l'ordre au Parnasse. Vous avez très-bien marqué la mesure de cette prétendue réaction. L'auteur de *Lucrèce* était surtout un libre esprit, sans prétention et sans pédantisme. Volontiers solitaire, ayant trouvé vers la fin de sa trop courte existence, dans la plus charmante union, ce légitime bonheur à deux où la jeunesse s'épure et où l'âme s'affermit, il avait voulu écrire suivant son goût et penser librement, non régner. Il n'a pas été sans quelque influence sur les procédés d'art de son temps. Son temps ne l'avait ni appelé ni formé.

Vous avez, à propos de ses débuts, beaucoup parlé

des classiques et des romantiques, et moi qui ai vécu au milieu de ces querelles, j'ai souri. Elles sont si loin de nous! Elles étaient, au fond, si innocentes dans leur vivacité! Elles se rattachaient, par un lien si naturel, au mouvement libéral qui emporta les esprits après la chute de l'Empire! Le romantisme était-il une école? J'oserais presque dire aujourd'hui que c'était plus que cela, et qu'il faudrait le ranger parmi « les anciens partis »; c'était le parti de la liberté dans l'art et la littérature, comme le libéralisme l'était dans la presse et le parlement. On en usait, on en abusait. *Hernani* était un noble fils de la Charte. M. Alexandre Dumas, un des combattants de Juillet, n'avait peut-être pas pris le Louvre; il avait pris les trois unités de la vieille tragédie, et les avait mises, sous bonne garde, dans un de ces châteaux du Rhin qu'il a si bien décrits. En sortiront-elles jamais?

Notre temps, même dans cette guerre apparente des œuvres et des systèmes, a été marqué d'une singulière insouciance dans l'ordre des choses littéraires; non qu'il ne les aime, mais il aime tout :

> Sur quelque préférence une estime se fonde,
> Et c'est n'estimer rien qu'estimer tout le monde.

Le siècle est plein de Philintes ; facile au vice sans être vicieux, sceptique dans ses idées et dans ses goûts, allant à ce qui l'amuse sans regarder à l'enseigne ; — courant de Marion de Lorme réhabilitée à Camille rajeunie, de Dorval à Rachel, de Roscius à Tabarin ; — flatté, il y a trente ans, dans sa sensibilité patriotique et bourgeoise par la comédie moyenne, telle que l'écrivait un charmant esprit; gourmandé aujourd'hui par la comédie satirique, qui semble avoir mis par moments le fouet de Némésis dans la main de Thalie. N'importe, ainsi battue, la société est comme la femme de Sganarelle, elle est contente.

Ceux qui chercheront un jour l'histoire de notre temps dans certaines comédies modernes croiront que cette société était en effet un ramassis de filles perdues, de pères prodigues, d'intrigants subalternes et de coquins enrichis. Mais soyons de bon compte, est-ce vraiment le fond de la société qu'on a voulu peindre? N'est-ce pas le tapage des mauvaises mœurs qui attire ces spirituels inventeurs plus que la profondeur du mal lui-même, sérieusement étudié, qui les provoque? Le vice a plutôt triomphé de ces peintures, dont la répétition uniforme semble le laisser maître du terrain. Vous l'avez dit, Monsieur, en très-bons vers, quand vous avez été réduit à signaler cette inexplicable faiblesse de l'honnête femme, si attentive aux mœurs, aux toilettes, aux prodigalités insolentes de celles qui ne le sont plus ou qui ne l'ont jamais été :

A ces tableaux impurs voile-t-elle ses yeux?

. . . .

Fait-elle tout son soin de la sagesse? Non.
Elle n'a qu'un souci : voir de près la Ninon.
Quelle est de ses amants la plus récente liste
Où loge son coiffeur, lequel vaut un artiste ?...
De ces menus détails, scabreux à raconter,
Qu'un auteur fasse un livre, elle court l'acheter;
Qu'en drame pathétique il arrange la chose,
Elle y court la première et de larmes l'arrose.
Que dis-je? autre scandale à nos yeux familier,
Que Ninon à l'encan mette son mobilier,

Qu'on annonce à grand bruit cette vente, l'épouse
Y court encor, fiévreuse et de tout voir jalouse ;
Et la plus vile aiguière, instrument de mépris,
A ses yeux se transforme en relique sans prix...

Tout cela est-il vrai, Monsieur? je le crois, puisque
vous le dites. Quel contraste! une société, non pas ver-
tueuse, mais honnête, polie, intelligente, et à côté ce
monde d'exception que nous montre le théâtre. Serait-ce
que la tâche la plus difficile pour le poëte comique est de
trouver l'intérêt et l'émotion où ils sont vraiment (quelques-uns de nos contemporains le prouvent encore chaque
jour), dans la forte et naturelle vérité de la vie réelle,
éclairée par ce maître supérieur de tous les arts, l'idéal?

M. Ponsard, docile par le cœur et facilement dominé
par ses affections, avait de plus une qualité qui m'a tou·
jours attiré vers ses œuvres et fait aimer sa personne.
Vous ne l'avez peut-être pas assez relevée en lui, Monsieur, cette vertu de votre éminent devancier, qui est une
des vôtres, et qui est de plus, dans un écrivain, un mérite tout à fait littéraire, la sincérité. La sincérité! que
j'aime ce mot, et quel sujet de dissertation, si on avait le
temps! Marivaux rapporte que, rencontrant un jour un
jeune mendiant de bonne mine et fort bien portant :
« N'avez-vous pas honte, lui dit-il, de mendier à votre
âge? Pourquoi ne travaillez-vous pas? — Ah! Monsieur,
répondit le pauvre du ton le plus naturel, je suis si pa-
resseux! » Marivaux lui donna un louis. Si la sincérité
vaut de l'or, même chez un vicieux, à quel prix l'esti-
merez-vous dans une âme honnête? Ponsard, avec toute
sorte de raisonnables réserves, était essentiellement
l'homme de son inspiration et de sa fantaisie; partout

très-vrai, obstiné à son œuvre tant qu'elle dure, esclave
de son sujet, mais ne creusant pas éternellement le
même sillon, sachant changer de ciel et d'époque, alter-
ner la tragédie et la comédie sans les confondre, sans en
faire un mélange trop répugnant ou un plat trop indi-
geste.

En réalité, son drame est bien à lui. Il ne s'est pas
plus absorbé dans ses modèles, quoique leur marque y
soit, que Corneille dans les siens. Corneille, il est vrai,
les domine de plus haut. Qui ne sent, en le lisant, ce
grand souffle qui vient de lui, non de Sénèque ou de Lucain, ses maîtres? Il semble avoir inventé Auguste et
Cinna, Sertorius et Nicomède. M. Ponsard, lui aussi, a
donné à sa Lucrèce une grâce et une placidité qui semblent moins d'une fille de la louve, au temps de Brutus,
que d'une sainte du temps de Dioclétien. Il ne vise pas
au grand éclat de ses personnages ; il les colore d'une
douce lumière. Il ne les fait pas médiocres ; il les fait
vivre dans une sorte de milieu tempéré. C'est ainsi que
dans le royal amant d'Agnès de Méranie il a diminué,
peut-être à dessein, l'énergique adversaire d'Inno-
cent III. C'est ainsi qu'il a pu mettre sur la scène les
héros de la Terreur, et les rendre possibles pour le spectateur, en les diminuant. Les événements étaient grands,
les hommes ne l'étaient pas. Pour les atteindre dans leur
grandeur factice, il fallait les rapprocher des sentiments
communs de l'humanité, de ses passions avouables.
M. Ponsard l'a fait. Il a réduit, pour les adapter aux
exigences de la scène, ces proportions non pas grandes,
mais hyperboliques, auxquelles il faut les vastes horizons
de l'histoire, ses diversions qui reposent, ses jugements

qui vengent, ses contrastes qui consolent. M. Ponsard ne pouvait emprunter ses personnages à M. Michelet ou à M. Louis Blanc, ni même aux deux illustres précurseurs, vos compatriotes, qui ont eu, les premiers, le mérite de rendre vraisemblables ces malfaiteurs stoïques et ces dictateurs-bourreaux. Il les a refaits pour son drame. Robespierre y parle en philosophe et il invoque Socrate ; Danton y joue, tout aussitôt après le 31 mai, le rôle d'un modérateur inquiet et impatient. Et Marat ! « Dieu, disait un jour Louvet, après l'avoir nommé à la tribune, Dieu ! j'ai prononcé son nom !... » Épouvanté, il s'arrêtait. M. Ponsard fait plus que de nommer Marat ; il lui prête l'éloquence, il lui prodigue la poésie. C'était l'affaiblir. Ainsi dépouillé de l'affreux prestige de sa vulgarité sanguinaire, Marat disparaît. Tel qu'il était, qui eût osé exposer, sous le feu de la rampe, devant un public français, ce pamphlétaire assassin ?

M. Ponsard n'adoucit pas seulement l'histoire révolutionnaire, il l'attendrit. *Le Lion amoureux* est bien son œuvre. Quel charme et quel attrait ! Dans la scène du troisième acte entre Humbert et la marquise, quand c'est Corneille qu'il imite, comme il se souvient de Racine ! Combien de nuances délicates ! Que de douceur dans l'énergie et de grâce dans la fierté ! Que nous sommes loin de la Terreur !

Dans la comédie de mœurs qui, entre 1850 et 1860, remplit toute la carrière dramatique de M. Ponsard, je veux relever encore ce trait caractéristique de son œuvre entière. Il a touché aux mœurs pour les peindre, non pour les outrer. Il n'est pas un vengeur, mais un moraliste, aussi étranger aux grands éclats de la passion qu'aux bruyantes explosions de la gaieté. Ses comédies n'en ont pas moins une très-grande valeur, une animation saine, la justesse, la bonne humeur, et, comme vous l'avez si justement remarqué, l'à-propos. Mais, vous le dirai-je, Monsieur? vous m'avez fait peur quand, après avoir rendu une si complète justice à la meilleure comédie de Ponsard, *l'Honneur et l'Argent*, vous l'avez comparée à *Timon d'Athènes*. On peut traduire Shakespeare, non l'imiter. Son originalité l'isole, son génie étrange vous défie. Tout en lui semble confus ou confondu, et tout concourt à l'effet. Il brise en morceaux son drame ; il en réunit d'un coup d'aile les fragments épars. Dans ce grand désordre où il se plaît, c'est au cœur qu'il vise. « Il demande à l'homme (je cite quelques lignes d'un orateur illustre qui est parfois un profond critique), non pas : Qu'as-tu fait? — mais : — Comment es-tu fait? D'où est née la part que tu as prise dans les événements où je te rencontre? Que cherchais-tu? Que pouvais-tu? Qui es-tu? Que je te connaisse ; je saurai tout ce qui m'importe dans ton histoire (1)... » Tel est Shakespeare. On croit que c'était chez lui parti pris de brouiller les lieux, les temps, les unités, les dates. Son but était d'arriver par tous les chemins au cœur de l'homme, de le saisir vivant et palpitant, et de le peindre en dépit de tout.

M. Ponsard avait lu *Timon d'Athènes*. De ce personnage, à moitié chimérique, il n'avait rien pris que dans sa vraie mesure, avec ses tempéraments ordinaires : Rodolphe, le célibataire philosophe dans *l'Honneur et*

______

(1) M. Guizot, *Shakespeare et son temps*, p. 99.

l'Argent, c'est un Alceste adouci. George, le riche ruiné,
est, avec simplicité et décision, un martyr de l'honneur
paternel. Ah ! l'honneur, il faut bien le dire, M. Mercier
l'entend autrement que Timon, et quand on vient lui
dire que le fiancé de sa fille s'est ruiné par un trait de
généreux désintéressement :

> C'est avec ces traits-là que l'on meurt misérable !

s'écrie-t-il. Vivre et mourir pauvre, voilà la honte !
L'honnête M. Mercier a touché du doigt la plaie du
siècle.

Est-ce donc que notre temps serait plus menacé qu'aucun autre ne l'a été jamais par ce fléau des nations vieil-
lissantes, la recherche du bien-être à tout prix, l'idolâtrie
du luxe sous toutes ses formes? Le veau d'or est déjà
dans la Bible. *Plutus* est le titre d'une des meilleures
comédies d'Aristophane. L'*Avare* de Plaute n'est pas
d'hier. Entendez-vous, à travers les siècles et au début
même du christianisme, cette religion de la sainte pau-
vreté, entendez-vous ce cri jeté par un païen de bonne
foi, un sensualiste indigné :

> *O cives, cives ! quærenda pecunia primum !*
> *Virtus post nummos !...*

De l'argent d'abord, puis de la vertu, s'il en reste ! Non,
nous n'avons pas inventé la passion de l'or. On rempli-
rait cent volumes des plaintes qu'elle a arrachées aux
moralistes de tous les temps, aux fidèles de Jupiter et à
ceux du Christ, aux Césars et aux papes, aux croyants
et aux philosophes. Mais savez-vous? Défiez-vous du
luxe, quand un air libre, un contrôle vivifiant, la raison

publique, n'animent pas et ne règlent pas cet essor de la prospérité générale ! En sommes-nous là ? A Dieu ne plaise que je porte ici, dans cette calme enceinte, sur mon époque et sur mon pays, un jugement si sévère ! Nous sommes sortis des temps difficiles et des défilés périlleux. Une lueur de liberté saine sourit à nos travaux. L'opinion, une reine, dit-on, est en train de rajuster sa couronne sur son front longtemps dépouillé. Confiance donc, ici surtout, Monsieur, où l'étude nous apprend à ne désespérer de rien, et nous soutient quand il faut tout craindre.

Et tenez, quand un pays est bien occupé de ses grandes affaires, il est moins asservi aux petites. « L'argent, disait Mme de Lambert, est un bon serviteur et un mauvais maître. » Faites-le servir au bien sous toutes ses formes. Ne lui livrez ni Socrate ni Jésus ! Ne laissons pas dire, dans le pays de l'honneur et de l'esprit, de toutes les noblesses naturelles et héréditaires, que tout est perdu hors l'argent. Ne laissons pas faire sur le marché la cote de nos vertus et de nos vices. Combien ce sourire et cette courbette ? combien ce dévouement ? Combien cette prose et cette poésie ?...

Des poëtes tels que vous, Monsieur, et tels que l'auteur de *Galilée*, sont bien au-dessus de pareils reproches. Ils en sont au besoin les nobles et courageux organes. Vous n'entrez pas à l'Académie pour rencontrer aucune opposition au sentiment qui a dicté quelques-unes de vos dernières et de vos meilleures épîtres, celles où le spectacle des folies prodigues de notre temps vous a si remarquablement inspiré. M. Ponsard non plus, quand il fut reçu dans cette compagnie, n'avait pas eu à retenir les paroles qu'il lui adressait d'un accent si élevé et si libre. Certes, il ne comptait, lui, dans aucun des partis qui se disputent l'influence politique, en France, depuis cinquante ans. Naturellement libéral, il l'eût été sous Périclès ou sous Auguste, sous Léon X ou sous Louis XIV, de la même manière, avec une sorte d'ingénuité forte et incorruptible. Son dernier drame, *Galilée*, dont il est impossible de parler après vous, Monsieur, cette belle étude où la séve du libre esprit abonde, était dédiée à un prince. Rudement traité par la fortune, à laquelle il n'avait jamais vendu son art, tout le monde sait comment le généreux lutteur, héroïquement acharné à cette œuvre suprême, était venu mourir, et de quelle mort! sous le toit hospitalier d'un admirable ami. Aussi, quand il réclamait il y a douze ans, pour l'Académie française, le droit de penser et de sentir, de recevoir et de propager, dans l'ordre des idées, les impressions extérieures et contemporaines, M. Ponsard n'était pas suspect. « Simple homme de lettres, disait-il, je n'ai à parler que d'un homme de lettres (il succédait à Baour-Lormian). Est-ce à dire que le seul rôle qui convienne à la littérature soit une discrète neutralité en présence des événements? Est-ce à dire que, dépouillée de conviction, elle doive abdiquer toute influence sur l'esprit public et les affaires du pays? Ce serait l'amoindrir singulièrement et lui ôter ses plus beaux titres de noblesse.

Dans une longue enfance on la ferait vieillir!

« On la réduirait à n'être plus qu'un amusement frivole, un art matériel comme ceux qu'on abandonnait, dans Rome, aux esclaves et aux affranchis!... »

J'aime à finir, Monsieur, par ces graves paroles du plus modéré des hommes et du plus sincère.

La tribune nous reprochait récemment, dans une assemblée de législateurs, d'être une « académie politique ». La tribune est une ingrate ! Oui, nous choisissons parfois des confrères parmi ses orateurs les plus illustres. Et elle s'en plaint ! On a fait de semblables choix sous tous les régimes. La chaire chrétienne nous reproche-t-elle de lui prendre tantôt un éloquent évêque, tantôt un prêtre de l'ordre de l'Oratoire ou de Saint-Dominique ? Un prédicateur qui a du génie, un docteur qui a écrit de beaux traités de morale évangélique, fils de l'Église, ne sont-ils plus membres de la grande famille littéraire de leur pays ? Est-ce qu'un grand orateur parlementaire n'est qu'un politique ? L'illustre Berryer n'était-il qu'une savante mécanique entre les mains d'un parti ; Lamartine, un grand orgue d'harmonie dont un pied étranger pressait les pédales retentissantes ? Défendons-nous, Monsieur, de la politique passionnée et de la polémique courante. Personne ne vous reprochera, à vous, d'y avoir jamais sacrifié. Laissons vibrer l'instrument sonore qu'anime un esprit libre et que remplit une âme généreuse. Vous avez reçu mission d'ajouter à son charme et à sa puissance. Vous n'avez ici qu'à continuer votre œuvre et à remplir votre destin.

Paris. — Imprimerie Adolphe Lainé, rue des Saints-Pères, 19.

LIBRAIRIE ACADÉMIQUE

DIDIER ET CIE

PARIS

35, QUAI DES AUGUSTINS, 35

1869

LIBRAIRIE ACADÉMIQUE DIDIER ET CIE

35, Quai des Augustins, à PARIS

HISTOIRE — LITTÉRATURE — PHILOSOPHIE

ÉDITIONS IN-8

AMPÈRE (J. J.)

Histoire littéraire de la France avant et sous Charlemagne. Nouv. édit. 3 vol. in-8. . . . . 22 fr. 50

La Philosophie des deux Ampère, publiée par M. J. Barthélemy Saint-Hilaire. 1 vol. in-8. . . . . 7 fr. 50

La Grèce, Rome et Dante, études littéraires d'après nature. 3e édition. 1 vol. in-8. . . . . 7 fr. 50

La Science et les Lettres en Orient. 1 vol. in-8. . . . . 7 fr. 50

D'ASSAILLY

Les Chevaliers poëtes de l'Allemagne. — *Minnesinger.* 1 vol. in-8. . 5 fr.

BABOU (H.)

Les Amoureux de madame de Sévigné. 1 vol. in-8. . . . . 6 fr.

BADER (CLARISSE)

La Femme biblique. Sa vie morale et sociale, sa participation au développement de l'idée religieuse. 1 vol. in-8. . . . . 7 fr.

La Femme dans l'Inde antique. (*Ouvrage couronné par l'Académie française.*) 1 vol. in-8. . . . . 7 fr.

BARANTE

Vie politique de M. Royer-Collard. —*Ses discours et ses écrits.* 2 v. in-8. 14 fr.

Vie de Mathieu Molé. — *Le Parlement et la Fronde.* 1 vol. in-8. . . . . 7 fr.

Histoire du Directoire de la République française, *complément de l'Histoire de la Convention.* 3 forts volumes grand in-8 cavalier. . . . . 18 fr.

Études historiques et biographiques. 2 vol. in-8. . . . . 14 fr.

Études littéraires et historiques. 2 vol. in-8. . . . . 14 fr.

Pensées et réflexions morales et politiques du comte de Ficquelmont, précédées d'une notice par M. de Barante. 1 vol. in-8. . . . . 6 fr.

Œuvres dramatiques de Schiller, trad. de M. de Barante. Nouvelle édition revue. 3 vol. in-8. . . . . 15 fr.

BARET (E.)

Les Troubadours et leur influence sur les littératures du Midi de l'Europe. 1 vol. in-8. . . . . 7 fr.

BARTHÉLEMY (ED. DE)

La Galerie des Portraits de mademoiselle de Montpensier : recueil des Portraits et Éloges des seigneurs et dames les plus illustres de France, la plupart composés par eux-mêmes. Nouvelle édition, avec notes. 1 vol. in-8 . 6 fr.

BASTARD D'ESTANG

Les Parlements de France. Essai historique sur leurs usages, leur organisation et leur autorité. 2 forts volumes in-8. . . . . 15 fr.

BAUDRILLART

Publicistes modernes. 1 fort vol. in-8. . . . . 7 fr.

Jean Bodin et son temps. Tableau des théories politiques et des idées économiques au xvie siècle. 1 vol. in-8 . . . . 7 fr.

BAUTAIN (L'ABBÉ)
La Conscience, ou la Règle des actions humaines. 1 vol. in-8 . . . . . . 6 fr.

BEAUFORT (LOUIS DE)
Dissertation sur l'incertitude des cinq premiers siècles de l'Histoire romaine. Nouv. édit. publiée par ALF. BLOT. 1 volume in-8 . . . . 7 fr.

BERSOT (ERN.).
Morale et politique. 1 vol. in-8 . . . . 6 fr.

Essais de philosophie et de morale. 2 vol. in-8 . . . . 12 fr.

BEULÉ.
Histoire de l'art grec avant Périclès. 1 vol. in-8 . . . . 7 fr. 50

BERTAULD
Philosophie politique de l'histoire de France. 1 vol. in-8 . . . . . 6 fr.

La Liberté civile. Nouv. études sur les publicistes contemporains. 1 v. in-8. 7 fr.

BERTRAND (ALEX.) ET GÉNÉRAL CREULY
Guerre des Gaules. Commentaires de J. César. Trad. nouv. avec texte, accompagnée de notes topographiques et militaires, suivie d'un index biographique et géographique. 2 vol. in-8 (le 1er est en vente). . . . . 14 fr.

BIMBENET (EUG.)
Fuite de Louis XVI à Varennes, d'après les documents judiciaires et administratifs, etc. 1 vol. in-8 avec des fac-simile. . . . . 7 fr. 50

J. F. BOISSONADE
Critique littéraire sous le Ier empire, avec une notice par M. NAUDET, de l'Institut, et une étude de M. F. Colincamp, etc. 2 forts vol. in-8 avec portrait. 15 fr.

BONNECHOSE (ÉMILE DE)
Histoire d'Angleterre, depuis les temps les plus reculés jusqu'à l'époque de la Révolution française, avec un résumé chronologique des événements jusqu'à nos jours. (*Ouvrage couronné par l'Académie française.*) 2e édit. 4 vol in-8. . 24 fr.

BROGLIE (DUC DE)
Écrits et Discours. Philosophie, littérature, politique. 3 vol in-8. . . . 18 fr.

BROGLIE (A. DE)
Nouvelles études de littérature et de morale. 1 vol. in-8 . . . . . 7 fr. 50

L'Église et l'Empire romain au IVe siècle. — 3 parties en 6 vol. in-8. 42 fr.

BUNSEN (C. C. J. DE)
Dieu dans l'histoire, traduction de M. Dietz, avec une étude biographique par M. Henri Martin. 1 fort vol. in-8 . . . . 7 fr. 50

CARNÉ (L. DE)
Les États de Bretagne. 2 vol. in-8. . . . . 12 fr.

Les Fondateurs de l'Unité française. Suger, saint Louis, Du Guesclin, Jeanne d'Arc, Louis XI, Henri IV, Richelieu, Mazarin. 2 vol. in-8. . . . . . 14 fr.

La Monarchie française au XVIIIe siècle. Études historiques sur les règnes de Louis XIV et de Louis XV. Nouv. édit. 1 vol. in-8. . . . . 6 fr.

CHAMPOLLION LE JEUNE
Lettres écrites d'Égypte et de Nubie en 1828 et 1829. Nouv. édit. 1 vol. in-8 avec planches. . . . . 7 fr. 50

CHASLES (PHIL.)
Voyages d'un critique à travers la vie et les livres — Orient. 1 volume in-8. . . . . 6 fr.

—— *Deuxième série.* — **Italie et Espagne.** 1 vol. in-8 . . . . 6 fr.

CHASLES (ÉMILE)
Michel de Cervantes. Sa vie, son temps, etc. 1 vol. in-8 . . . . 7 fr.

La Comédie au XVIe siècle. 1 vol. in-8 . . . . 5 fr.

CHASSANG

Le Spiritualisme et l'idéal dans l'art et la poésie des Grecs. 1 vol. in-8. 6 fr.

Apollonius de Tyane, sa vie, ses voyages, ses prodiges, par PHILOSTRATE, et ses Lettres ; ouvr. trad. du grec, avec notes, etc. 1 vol. in-8. . . . . 6 fr.

Histoire du Roman dans l'antiquité grecque et latine, et de ses rapports avec l'histoire. (*Ouvrage couronné par l'Académie des inscriptions.*) 1 vol. in-8. 6 fr.

CHERRIER (DE)

Histoire de Charles VIII, roi de France. 2 vol. in-8. . . . . 14 fr.

CLÉMENT (CHARLES)

Géricault. — *Étude biographique et critique*, avec le catalogue raisonné de l'œuvre du maître. 1 vol. in-8. . . . . 6 fr.

CLÉMENT (PIERRE)

Jacques Cœur et Charles VII, ou la France au xvᵉ siècle. Nouv. édition revue. 1 fort vol. in-8. Portrait et grav. . . . . 8 fr.

Enguerrand de Marigny, *Beaune de Semblançay, le chevalier de Rohan*. Épisodes de l'histoire de France. 2ᵉ édition. 1 vol. in-8. . . . . 6 fr.

COMBES (F.)

La Princesse des Ursins. Essai sur sa vie et son caractère politique. 1 v. in-8. 6 fr.

COURCY (MARQUIS DE)

L'Empire du Milieu. État et description de la Chine. 1 fort vol. in-8. . . . 9 fr.

COURDAVEAUX

Caractères et Talents. Études de littérature ancienne et moderne. 1 vol in-8. 6 fr.

Entretiens d'Épictète, trad. nouvelle et complète. 1 vol. in-8. . . . . . . 7 fr.

COUSIN (V.)

La Jeunesse de Mazarin. 1 fort vol. in-8. . . . . 7 fr. 50

La Société française au XVIIᵉ siècle, d'après le *Grand Cyrus*, roman de mademoiselle de Scudéry. 2 beaux vol. in-8 . . . . 14 fr.

Madame de Chevreuse. 2ᵉ édit. 1 vol. in-8, orné d'un joli portrait. . . 7 fr.

Madame de Hautefort. 1 vol. in-8. avec un joli portrait. . . . . 7 fr.

Jacqueline Pascal. 4ᵉ édition. 1 vol. in-8, *fac-simile*. . . . . 7 fr.

La Jeunesse de madame de Longueville. 4ᵉ édition, revue et augmentée. 1 vol. in-8, 2 portraits. . . . . 7 fr.

Madame de Longueville pendant la Fronde (1651-1653). 1 vol. in-8. . 7 fr.

Madame de Sablé. 2ᵉ édition. 1 vol. in-8, avec portrait. . . . . 7 fr.

Études sur Pascal. 1 vol. in-8. 7 fr.

Fragments et Souvenirs littéraires. 1 vol. in-8. . . . . 7 fr.

Premiers Essais de Philosophie. Nouv. édit. 1 vol. in-8. . . . . 6 fr.

Philosophie sensualiste du XVIIIᵉ siècle. Nouvelle édit. 1 vol. in-8. 6 fr.

Introduction à l'Histoire de la Philosophie. Nouv. édition. 1 vol. in-8. . 6 fr

Histoire générale de la Philosophie depuis les temps les plus anciens jusqu'au xixᵉ siècle. 7ᵉ édit. 1 vol. in-8. . . . . 7 fr. 50

Philosophie de Locke. Nouvelle édition entièrement revue. 1 vol. in-8. 6 fr.

Du Vrai, du Beau et du Bien, 12ᵉ édit. 1 vol. in-8 avec portrait. . . . 7 fr.

Fragments pour servir à l'histoire de la philosophie. 5 vol. in-8. . 30 fr.

    Séparément : **Philosophie ancienne et du moyen âge.** 2 vol. in-8. . 12 fr.

—— **Philosophie moderne.** 2 vol. in-8. . . . . 12 fr.

—— **Philosophie contemporaine.** 1 vol. in-8. . . . . 6 fr.

CRAVEN (Mᵐᵉ AUG.), NÉE LA FERRONNAYS

Anne Séverin. 1 vol. in-8. . . . . 7 50

Récit d'une Sœur. Souvenirs de famille. 19ᵉ édition. 2 vol. in-8, avec un beau portrait. . . . . 15 fr.

DANTIER (ALPH.)

Les Monastères bénédictins d'Italie. Souvenirs d'un voyage littéraire au delà des Alpes. (*Ouvrage couronné par l'Académie française.*) 2 beaux v. in-8. 15 fr.

DAUDVILLE

Physiologie des instincts de l'homme. 1 vol. in-8. . . . . 6 fr.

DELAUNAY (FERD.)

Philon d'Alexandrie. *Écrits historiques*, trad. et précédés d'une introduction
1 vol. in-8 . . . . 7 fr.

DESNOIRESTERRES

La Jeunesse de Voltaire. 1 vol. in-8. . . . . 7 fr. 50
Voltaire au château de Cirey. 1 vol. in-8. . . . . 7 fr. 50

DELÉCLUZE (E. J.)

Louis David, son école et son temps. Souvenirs. 1 vol. in-8. . . . . 6 fr.

DESJARDINS (ERNEST)

Le grand Corneille historien. 1 vol. in-8. . . . . 5 fr.
Alésia (7e CAMPAGNE DE JULES CÉSAR). Résumé du débat, etc., suivi de notes inédites
de Napoléon 1er sur les COMMENTAIRES DE JULES CÉSAR. In-8, avec *fac-simile.* 3 fr.

CH. DESMAZE

Le Châtelet de Paris, son organisation, ses priviléges, etc. 1 vol. in-8. . 6 fr.

DREYSS (CH.)

Mémoires de Louis XIV POUR L'INSTRUCTION DU DAUPHIN. 1re édit. complète, avec
une étude sur la composition des Mémoires et des notes. 2 vol. in-8. . 12 fr.

DUBOIS (D'AMIENS) (FRÉD.)

Éloges prononcés à l'Académie de médecine. PARISET, BROUSSAIS, ANT.
DUBOIS, RICHERAND, BOYER, ORFILA, CAPURON, DENEUX, RÉCAMIER, ROUX, MAGENDIE,
GUENEAU DE MUSSY, G. SAINT-HILAIRE, A. RICHARD, CHOMEL, THÉNARD, etc., etc.
2 vol. in-8. . . . . 14 fr.

DUBOIS-GUCHAN

Tacite et son siècle, ou la société romaine impériale, d'Auguste aux Antonins,
dans ses rapports avec la société moderne. 2 beaux volumes in-8. . . . . 14 fr.

DU CELLIER

Histoire des Classes laborieuses en France, depuis la conquête de la Gaule par
Jules César jusqu'à nos jours. 1 vol. in-8. . . . . 6 fr.

DU MÉRIL (ÉDEL'ST.)

Histoire de la Comédie, période primitive. (*Ouvrage couronné par l'Académie
française.*) 1 vol. in-8. . . . . 8 fr.

EICHHOFF (F. G.)

Tableau de la Littérature du Nord, AU MOYEN AGE, en Allemagne, en Angleterre.
ou Scandinavie et en Slavonie. Nouv. édit. revue et augmentée. 1 vol. in-8. 6 fr.

FALLOUX (Cte DE)

Correspondance du P. Lacordaire avec madame Swetchine, publiée par
M. DE FALLOUX. 1 vol. in-8. 7 fr. 50
Madame Swetchine. Journal de sa conversion, méditations et prières publiées
par M. DE FALLOUX. 1 vol. in-8. . . . . 6 fr.
Madame Swetchine. Sa vie et ses pensées, publiées par M. DE FALLOUX. 8e édit.
2 vol. in-8. . . . . 15 fr.
Lettres de madame Swetchine, publiées par M. DE FALLOUX. 2 vol. in-8. 12 fr.
Lettres inédites de madame Swetchine, publiées par M. DE FALLOUX. 1 vol.
in-8. . . . . 6 fr.
Étude sur madame Swetchine, par Ern. Naville. In-8. . . . . 1 fr. 50

FERRARI (J.)

La Chine et l'Europe, leur histoire et leurs traditions comparées. 1 vol.
in-8. . . . . 7 fr. 50
Histoire des Révolutions d'Italie, ou Guelfes et Gibelins. 4 vol. in-8. 24 fr.

FERRAZ

Philosophie du Devoir. Principes fondamentaux de la morale. 1 vol. in-8. 7 fr.

FEUGÈRE (LÉON)

Les Femmes poëtes au XVI° siècle, étude suivie de notices sur M᷄᷄ de Gournay, d'Urfé, Montluc, etc. 1 vol. in-8. . . . . 6 fr.

FLAMMARION

La Pluralité des mondes habités. Étude où l'on expose les conditions d'habitabilité des terres célestes, etc. 4° édit. 1 fort vol. in-8 avec figures. . . . 7 fr.

FRANCK (AD.)

Philosophie et Religion. 1 vol. in-8. . . . . 7 fr. 50

GANDAR

Bossuet orateur. Études critiques sur les sermons de la jeunesse de Bossuet. (*Ouvrage couronné par l'Académie française*.) 1 fort vol. in-8. . . . 7 fr. 50

Choix de Sermons de la jeunesse de Bossuet. Édition critique d'après les textes, avec introduction, notes et notices. 1 vol. in-8, 5 fac-simile. . 7 fr. 50

GEFFROY (A.)

Lettres inédites de M°° des Ursins, avec une introd. et des notes. 1 v. in-8. 6 fr.

GERMOND DE LAVIGNE

Le Don Quichotte de Fernandez Avellaneda, traduit de l'espagnol et annoté. 1 beau vol. in-8. . . . . 6 fr.

GÉRUZEZ

Histoire de la littérature française jusqu'à la Révolution (*Ouvrage couronné par l'Académie française*). Nouvelle édition. 2 vol. in-8 . . . . 14 fr.

GODEFROY (F.)

Lexique comparé de la langue de Corneille et de la langue du xvii° siècle en général. (*Ouvrage couronné par l'Académie française*.) 2 vol. in-8. . . . . 15 fr.

GUADET

Les Girondins, leur vie politique et privée, leur proscription, leur mort. 2 vol. in-8. . . . . 12 fr.

GUÉRIN (MAURICE DE)

Journal, lettres et fragments, publiés par M. Trébutien, avec une étude par M. Sainte-Beuve. 1 volume in-8. . . . . 7 fr.

GUÉRIN (EUGÉNIE DE)

Journal et lettres, publiés par M. Trébutien. (*Ouvrage couronné par l'Académie française*.) 2 vol. in-8. . . . . 14 fr.

GUIZOT

Sir Robert Peel, étude d'histoire contemporaine, accompagnée de fragments inédits des Mémoires de Robert Peel. Nouvelle édition. 1 vol. in-8.. . . . . . 7 fr.

Histoire de la Révolution d'Angleterre, depuis l'avénement de Charles I°° jusqu'à la mort de R. Cromwell (1625-1660). 6 vol. in-8, en 5 parties. . . 42 fr.

— **Histoire de Charles I°°**, depuis son avénement jusqu'à sa mort (1625-1649) précédée d'un *Discours sur la Révolution d'Angleterre*. 8° édit. 2 vol. in-8. 14 fr.

— **Histoire de la République d'Angleterre et de Cromwell** (1649-1658). 2° édit. 2 vol. in-8. . . . . 14 fr.

— **Histoire du protectorat de Richard Cromwell**, et du *Rétablissement des Stuarts* (1659-1660). 2° édit. 2 vol. in-8. . . . . 14 fr.

Études sur l'Histoire de la Révolution d'Angleterre. 2 vol. in-8 :

— **Monk. Chute de la République**. 5° édit. 1 vol. in-8, portrait.. . . . . 6 fr.

— **Portraits politiques** des hommes des divers partis : *Parlementaires, Cavaliers, Républicains, Niveleurs*. Études historiques. Nouv. édit. 1 vol. in-8.. 6 fr.

GUIZOT (*suite*).

Essais sur l'Histoire de France. 10ᵉ édit. revue et corrigée. 1 vol. in-8. 6 fr.

Histoire des origines du gouvernement représentatif et des institutions politiques de l'Europe, etc. (*Cours d'Histoire moderne de* 1820 à 1822.) Nouv. édit. 2 vol. in-8. . . . . 10 fr.

Histoire de la civilisation en Europe et en France, depuis la chute de l'empire romain jusqu'à la Révolution française. Nouv. édition. 5 vol. in-8. 30 fr.

Discours académiques, suivis des discours prononcés pour la distribution des prix au Concours général et devant diverses sociétés, etc. 1 vol. in-8. . . 6 fr.

Corneille et son temps. Étude littéraire, etc. 1 vol. in-8. . . . . . . 6 fr.

Méditations et Études morales et religieuses. Nouv. édit. 1 vol. in-8. 6 fr.

Études sur les beaux-arts en général. 3ᵉ édit. 1 vol. in-8. . . . . . . 6 fr.

De la Démocratie en France. 1 vol. in-8 de 164 pages. . . . . . . 2 fr. 50

Abailard et Héloïse. Essai historique par M. et Mᵐᵉ Guizot, suivi des *Lettres d'Abailard et d'Héloïse,* traduites par M. Oddoul. Nouv. édit. 1 vol. in-8. 6 fr.

Grégoire de Tours et Frédégaire. — Histoire des Francs et Chronique, trad. Nouv. édit. revue et augmentée de la *Géographie de Grégoire de Tours et de Frédégaire,* par M. Alfred Jacobs. 2 vol. in-8, avec une carte spéciale. . 14 fr.
    Cet ouvrage est autorisé par décision ministérielle pour les Écoles publiques.

Œuvres complètes de W. Shakspeare, traduction nouvelle de M. Guizot, avec notices et notes. 8 vol. in-8. . . . . 40 fr.

Histoire de Washington *et de la fondation de la république des États-Unis,* par M. C. de Witt, avec une Introduction par M. Guizot. 3ᵉ édition, revue et augmentée. 1 vol. in-8, avec portraits et carte.. . . . . 7 fr.

Correspondance et Écrits de Washington, traduits de l'anglais et mis en ordre par M. Guizot. 4 vol. in-8.. . . . . 12 fr.

Dictionnaire universel des synonymes de la langue française, contenant les synonymes de Girard, Beauzée, Roubaud, d'Alembert, etc., augmenté d'un grand nombre de nouveaux synonymes, par M. Guizot, 7ᵉ édit. 1 vol. gr. in-8.... 12 fr.
    L'introduction de cet ouvrage est autorisée dans les Etablissements d'instruction publique.

GUIZOT (GUILLAUME)

Ménandre. Étude historique et littéraire sur la Comédie et la Société grecques. (*Ouvrage couronné par l'Académie française.*) 1 vol. in-8, avec portrait. . . 6 fr.

HOUSSAYE (HENRY)

Histoire d'Apelles. Études sur l'art grec. 1 vol. in-8, grav. . . . . . . 7 fr.

HUREL (ABBÉ)

L'art religieux contemporain. Etude critique. 1 vol. in-8. . . . . . . 7 fr.

JACQUINET

Des Prédicateurs au XVIIᵉ siècle avant Bossuet. (*Ouvrage couronné par l'Académie française.*) 1 vol. in-8.. . . . . 6 fr.

J. JANIN

La Poésie et l'Éloquence à Rome au temps des Césars. 1 vol. in-8. 6 fr.

JOBEZ (AD.)

La France sous Louis XV (1715-1774). Tomes I à IV parus. In-8. Prix du vol. 6 fr.

JULIEN (ERN.)

La Chasse. Son histoire et sa législation. 1 vol. in-8. . . . . 7 fr.

JUSTE (THÉOD.)

Le Soulèvement des Pays-Bas contre la domination espagnole. 2 vol. in-8. . . . . 14 fr.

LA CODRE

Les Desseins de Dieu. Essai de philosophie religieuse et pratique. 1 v. in-8. 6 fr.

LÉON LAGRANGE

Joseph Vernet et la Peinture au XVIIIᵉ siècle, avec grand nombre de documents inédits. 1 volume in-8. . . . . 6 fr.

Pierre Puget, peintre, sculpteur, architecte, etc. 1 vol. in-8. . . . . . . 6 fr.

LAMENNAIS
Dante. La Divine Comédie, trad. accompagnée d'une introduction et de notes, avec le texte italien, publ. par M. E. D. Forgues. 2 vol. in-8 . . . . . . 14 fr.
Correspondance inédite, publiée par M. Forgues. 2 vol. in-8 . . . . . . 10 fr.

LAPRADE (V. DE)
Pernette. 1 vol. in-8 . . . . , ... 6 fr.
Questions d'art et de morale. 1 vol. in-8 . . . . 6 fr.
Le Sentiment de la nature avant le Christianisme et chez les modernes. 2 vol. in-8. . . : . . . . 15 fr.

LECOY DE LA MARCHE
La Chaire française au moyen-âge, et spécialement au XIII⁰ siècle. (*Ouvrage couronné par l'Académie des inscriptions* . . . . 7 fr. 50

LE DIEU (L'ABBÉ)
Mémoires et Journal de l'abbé Le Dieu, sur la vie et les ouvrages de Bossuet, publiés sur les manuscrits autographes. 4 vol. in-8.. . . . . 20 fr.

LÉLUT
Physiologie de la pensée. Recherche critique des rapports du corps à l'esprit. 2 vol. in-8. . . . . 12 fr.

LEMOINE (ALB.)
L'Aliéné devant la philosophie, la morale et la société. 1 vol. in-8. . . 6 fr.

LEPINOIS (H. DE)
Le Gouvernement des Papes et les Révolutions dans les États de l'Église, d'après des documents extraits des archives secrètes du Vatican, etc. 1 v. in-8. 7 fr.

LITTRÉ
Études sur les barbares et le moyen âge. 1 vol. in-8.. . . . . . . 7 fr. 50
Histoire de la langue française. Études sur les origines, l'étymologie, la grammaire, etc. 4⁰ édit. 2 vol. in-8. 14 fr.

LIVET (CH.)
Précieux et Précieuses. Caractères et mœurs du xvii⁰ siècle. 1 vol. in-8. 7 fr.
La Grammaire française et les Grammairiens du xvii⁰ siècle. (*Mention très-honorable de l'Académie des inscriptions.*) 1 fort vol. in-8. . . . . . 7 fr.

LOVE
Le Spiritualisme rationnel, à propos des divers moyens d'arriver à la connaissance, etc. 1 vol. in-8. . . . . 6 fr.

MALOUET
Mémoires de Malouet, publiés par son petit-fils le baron Malouet. 2 vol. in-8 ornés d'un portrait gravé sur acier. . . . . 15 fr.

MARTHA BECKER
Le Général Desaix. Étude historique. 1 vol. in-8, avec portrait. . . . 5 fr.
Matérialisme et spiritualisme. 1 vol. in-8. . . . . 5 fr.

MARY (Dr)
Le Christianisme et le Libre Examen. Discussion des arguments apologétiques. 2 vol. in-8. . . . . 12 fr.

MATTER
Le Mysticisme en France au temps de Fénelon. 1 vol. in-8. . . . 6 fr.
Swedenborg. Sa vie, ses écrits, sa doctrine. 1 vol. in-8. . . . . 6 fr.
Saint-Martin, *le Philosophe inconnu,* sa vie, ses écrits, etc. . . . . . . 6 fr.

MAURY (ALF.)
Les Académies d'autrefois. 2 parties :
— *L'ancienne Académie des sciences.* 1 volume in-8. . . . . 7 fr.
— *L'ancienne Académie des inscriptions et belles-lettres.* 1 volume in-8. . 7 fr.
Croyances et légendes de l'antiquité. 1 vol. in-8. . . . . 7 fr.

MEAUX (V⁰ DE)
La Révolution et l'Empire. Étude d'histoire politique. 1 vol. in-8.. . . . 7 fr.

MÉNARD (L. ET R.)

La Sculpture ancienne et moderne. (*Ouvrage couronné par l'Académie des beaux-arts.*) 1 vol. in-8. . . . . 6 fr.

Tableau historique des Beaux-Arts, depuis la Renaissance jusqu'au dix-huitième siècle. (*Ouvrage couronné par l'Académie des beaux-arts.*) 1 vol. in-8. 6 fr.

Hermès Trismégiste. Traduction nouvelle avec une étude sur les livres hermétiques. 1 vol. in-8. . . . . 6 fr.

La Morale avant les philosophes. 1 vol. in-8. . . . . 3 fr. 50

MERCIER DE LACOMBE (CH.)

Henri IV et sa politique. (*Ouvrage couronné par l'Académie française. 2ᵉ prix Gobert.*) 1 vol. in-8. 6 fr.

MÉZIÈRES (ALF.).

Pétrarque. Étude d'après des documents nouveaux. (*Ouvrage couronné par l'Académie française.*) 1 vol. in-8. . . . . 7 fr. 50

MICHAUD (ABBÉ)

Guillaume de Champeaux et les écoles de Paris au xⁱⁱᵉ s. 1 vol. in-8.   7 fr. 50

MIGNET

Éloges historiques : *Jouffroy, de Gérando, Laromiguière, Lakanal, Schelling, Portalis, Hallam, Macaulay.* 1 vol. in-8. . . . . 6 fr.

Portraits et notices HISTORIQUES ET LITTÉRAIRES. Nouv. éd. 2 vol. in-8. 10 fr.

Charles-Quint, SON ABDICATION, SON SÉJOUR ET SA MORT AU MONASTÈRE DE YUSTE. 5ᵉ édit., revue et corrigée. 1 beau vol. in-8. . . . . 6 fr.

Histoire de la Révolution française, de 1789 à 1814. 9ᵉ édit. 2 vol. in-8. 12 fr.

MILLET

Histoire de Descartes av. 1637. (*Ouv. cour. par l'Acad. franç.*) 1 vol. in-8. 7 fr, 50

MOLAND (LOUIS)

Molière et la Comédie italienne. 1 vol. in-8 illustré de 20 types de l'ancien théâtre italien, gravés d'après Callot, etc. . . . . 7 fr.

Origines littéraires de la France. Roman, Légende, Prédication, Poétique, etc. 1 vol. in-8. . . . . 6 fr.

MONNIER (F.)

Le Chancelier d'Aguesseau, etc., avec des documents inédits et des ouvrages nouveaux du Chancelier. (*Ouvr. cour. par l'Acad. franç.*) 2ᵉ édit. 1 vol. in-8. 6 fr.

MONTALEMBERT (COMTE DE)

L'Église libre dans l'État libre. Discours prononcé au congrès de Malines. 1 v. in-8. . . . . 2 fr. 50

MORET (ERNEST)

Quinze ans du règne de Louis XIV. 1700-1715. (*Ouvrage couronné par l'Académie française, 2ᵉ prix Gobert.*) 3 vol. in-8. . . . . 15 fr.

NOURRISSON

Tableau des progrès de la pensée humaine. Les philosophes et les philosophies depuis Thalès jusqu'à Hegel. 3ᵉ édit. revue et corrigée. . . . 7 fr. 50

Philosophie de saint Augustin. (*Ouvrage couronné par l'Académie des sciences morales.*) 2 vol. in-8. . . . . 14 fr.

La Nature humaine. Essais de psychologie appliquée. (*Ouvrage couronné par l'Académie des sciences morales.*) 1 vol. in-8. . . . . 7 fr.

NOUVION (V. DE)

Histoire du règne de Louis-Philippe Iᵉʳ, roi des Français (1830-1840). 4 vol. in-8. . . . . 24 fr.

PELLISSON ET D'OLIVET

Histoire de l'Académie française. Nouv. édit. avec une introduction, des notes et éclaircissements, par M. CH. LIVET. 2 gros vol. in-8. . . . . . . 14 fr.

PENQUER (Mᵐᵉ A.)

Velléda. 1 vol. in-8. . . . . 7 fr.

ROSELLY DE LORGUES

Christophe Colomb. Sa vie et ses voyages. 3ᵉ édit. 2 vol. in-8, portr. . . . 12 fr.

PERRENS

Les mariages espagnols sous Henri IV et Marie de Médicis. 1 vol in-8.   7 fr. 50

POIRSON (A.)

Histoire du règne de Henri IV. (*Ouvrage qui a obtenu deux fois le grand prix Gobert, de l'Académie française.*) Seconde édition, considérablement augmentée. 4 vol. in-8. . . . . 30 fr.

PONCINS (L. DE)

Les Cahiers de 89 ou les vrais Principes libéraux. 1 vol. in-8. . . . _ . . 6 f

POUJADE (EUG.)

Chrétiens et Turcs, scènes et souvenirs de la vie politique, militaire et religieuse en Orient. 1 fort vol. in-8. . . . . 6 fr.

PRELLER

Les Dieux de l'ancienne Rome. *Mythologie romaine*, trad. par M. DIETZ, avec préface de M. Alf. MAURY. 1 vol. in-8. . . . . 7 fr. 50

RAYNAUD (MAURICE)

Les Médecins au temps de Molière. Mœurs, Institutions, Doctr. 1 v. in-8. 6 fr

RÉMUSAT (CH. DE)

Bacon. Sa vie, son temps et sa philosophie. 1 vol. in-8. . . . . 7 fr.
Channing : Sa vie et ses œuvres, avec préface de M. DE RÉMUSAT. 1 vol. in-8. 6 fr.

ROUGEMONT

L'Age du Bronze, ou les *Sémites en Occident*, matériaux pour servir à l'histoire de la haute antiquité. 1 vol. in-8. . . . . 7 fr.

ROUSSET (CAMILLE)

Le comte de Gisors, 1732-1758, étude historique. 1 vol. in-8 . . 7 fr. 50
Histoire de Louvois et de son administration politique et militaire. (*Ouvrage couronné par l'Académie française. 1ᵉʳ prix Gobert.*) 3ᵉ édit. 4 vol. in-8. 28 fr.
Correspondance de Louis XV et du maréchal de Noailles. 2 v. in-8. 12 fr.

P. ROUSSELOT

Les Mystiques espagnols. 2ᵉ édit. 1 vol. in-8. . . . . 7 fr. 50

SACY (S. DE)

Variétés littéraires, morales et historiques. 2ᵉ édit. 2 vol. in-8. . . . . 14 fr.

J. BARTHÉLEMY SAINT-HILAIRE

Le Bouddha et sa religion. Nouv. édition, revue et augm. 1 vol. in-8. . 7 fr.
Mahomet et le Coran. Précédé d'une introduction sur les devoirs mutuels de la philosophie et de la religion. 1 vol. in-8. . . . . 7 fr.
L'Iliade d'Homère, trad. en vers français. 2 vol in-8. . . . . 16 fr.

SAISSET (E.)

Le Scepticisme.—Ænésidème.—Pascal.—Kant.—Études, etc. 1 vol. in-8. 7 fr.
Précurseurs et Disciples de Descartes. Études d'histoire et de philosophie. 1 vol. in-8. . . . . 7 fr.

SALVANDY (N. DE)

Histoire de Sobieski et de la Pologne. 2 vol. in-8. Nouvelle édition. . . 14 fr.
Don Alonso, ou l'Espagne; histoire contemporaine. Nouv. édit. 2 v. in-8. 14 fr.
La Révolution de 1830 et *le Parti révolutionnaire*, ou Vingt mois et leurs résultats. Nouv. édit. 1 vol. in-8. 1855. . . . . 5 fr.
Discours de MM. Berryer et de Salvandy à l'Académie française. In-8. 1 fr.
Discours de MM. de Sacy et de Salvandy à l'Académie française. In-8. 1 fr.

SAULCY (F. DE)

Histoire de l'Art judaïque, d'après les textes sacrés et profanes. 1 vol. in-8. 7 fr
Les Campagnes de Jules César dans les Gaules. Études d'archéologie militaire. 1 vol. in-8, fig. . . . . 7 fr.

SCHILLER

Œuvres dramatiques, trad. de M. DE BARANTE. Nouv. édit. entièrement revue, accompagnée d'une étude, de notices et de notes. 5 vol. in-8.. . . . . . 15 fr.

SCHNITZLER

Rostoptchine et Kutusof. *La Russie en* 1812. Tableau de mœurs et essai de critique historique. 1 vol. in-8.. . . . . 6 fr.

SCLOPIS (F.)

Histoire de la Législation italienne, trad. par M. Cⁱ. Sclopis. 2 v. in-8.. 10 fr.

SHAKSPEARE

Œuvres complètes, trad. de M. Guizot. Nouv. édit. revue, accomp. d'une Étude sur Shakspeare, de notices, de notes. 8 vol. in-8. . . . . 40 fr.

SORBIER

Loisirs d'un magistrat, méditations morales et études historiques. 1 v. in-8. 7 fr.

SOREL

Le Couvent des Carmes et le Séminaire Saint-Sulpice pendant la Terreur. 1 vol. in-8 avec pl. . . . . 7 fr.

STEENACKERS

Agnès Sorel et Charles VII, essai sur l'état moral et politique de la France au xviⁱ siècle. 1 vol. in-8 avec un beau portrait. . . . . 7 fr. 50

DANIEL STERN

Dante et Gœthe. Dialogues. 1 vol. in-8. . . . . 6 fr.

STAAFF

Lectures choisies de littérature française depuis la formation de la langue jusqu'à la Révolution. 3ᵉ édition. 1 vol. in-8 de 900 pages. . . . . 7 fr. 50

THIERRY (AMÉDÉE)

Saint Jérôme. La Société chrétienne à Rome et l'émigration romaine en terre sainte. 2 vol. in-8.. . . . . 15 fr.

Trois Ministres des fils de Théodose. Nouveaux Récits de l'histoire romaine. 1 volume in-8.. . . . . 7 fr.

Récits de l'Histoire romaine au vⁱ siècle. 3ᵉ édit. 1 vol. in-8.. . . . . . 7 fr.

Tableau de l'Empire romain, depuis la fondation de Rome jusqu'à la fin du gouvernement impérial en Occident. 4ᵉ édit. 1 vol. in-8. . . . . 7 fr.

Histoire d'Attila, de ses fils et de ses successeurs en Europe. Nouv. édit. revue. 2 vol. in-8. . . . . 14 fr.

Histoire des Gaulois jusqu'à la domination romaine. 6ᵉ édition revue. 2 vol. in-8. . . . . 14 fr.

Histoire de la Gaule sous la domination romaine. 4 vol. in-8. Tomes I et II en vente. Le vol. à. . . . . 7 fr.

TISSOT

L'Imagination. Ses bienfaits et ses égarements, surtout dans le domaine du merveilleux. 1 vol. in-8. . . . . 7 fr. 50

Turgot. Sa vie, son administration, ses ouvrages. (*Ouvrage couronné par l'Académie des sciences morales.*) 1 vol. in-8.. . . . . 5 fr.

Les Possédées de Morzine. Broch. in-8. . . . . 1 fr.

TOPIN (MARIUS)

L'Europe et les Bourbons sous Louis XIV. (*Ouvrage couronné par l'Académie française. Prix Thiers.*) 1 vol. in-8. . . . . 7 fr.

VILLEMAIN

Souvenirs contemporains d'Histoire et de Littérature. Première partie : M. DE NARBONNE, etc. 7ᵉ édit. 1 vol. in-8. . . . . 7 fr.

Souvenirs contemporains d'Histoire et de Littérature. Deuxième partie : LES CENT-JOURS. 1 vol. in-8. Nouv. édit.. . . . . 7 fr.

La République de Cicéron, traduite avec une introduction et des suppléments historiques. 1 vol. in-8.. . . . . 6 fr.
Choix d'Études SUR LA LITTÉRATURE CONTEMPORAINE : *Rapports académiques*, Études sur *Chateaubriand, A. de Broglie, Nettement*, etc. 1 vol. in-8. . . . . . . 6 fr.
Cours de Littérature française, comprenant : *Le Tableau de la Littérature au XVIIIe siècle* et le *Tableau de la Littérature au moyen âge*. Nouv. édit. 6 vol. in-8. . . . 36 fr.
— **Tableau de la Littérature** au XVIIIe siècle. 4 vol. in-8. . . . . 24 fr.
— **Tableau de la Littérature** au moyen âge. 2 vol. in-8. . . . . 12 fr.
Tableau de l'éloquence chrétienne au IVe siècle, etc. Nouv. édit. 1 fort vol. in-8.. . . . . 6 fr.
Discours et Mélanges littéraires : *Éloges de Montaigne et de Montesquieu.* — *Sur Fénelon et sur Pascal.* — *Rapports et discours académiques.* Nouv. édit. 1 vol. in-8.. . . . . 6 fr.
Études de Littérature ancienne et étrangère : *Hérodote, Lucrèce, Lucain, Cicéron, Tibère et Plutarque.* — *Les romans grecs.* — *Shakspeare; Milton; Byron*, etc. Nouv. édit. 1 vol. in-8. . . . . 6 fr.
Études d'Histoire moderne : *Discours sur l'état de l'Europe au XVe siècle.* — *Lascaris.* — *Essai historique sur les Grecs.* — *Vie de l'Hôpital.* 1 vol. in-8. 6 fr.

VILLEMARQUÉ (H. DE LA)

Barzaz Breiz. *Chants populaires de la Bretagne*, recueillis et annotés avec musique. 1 vol. in-8. . . . . 7 fr. 50
Le grand Mystère de Jésus. Drame breton du moyen âge, avec une Étude sur le théâtre chez les nations celtiques. 1 vol. in-8, pap. de Hollande. . . . 12 fr.
— LE MÊME, pap. ordinaire. . . . . 7 fr.
La Légende celtique et la poésie des cloîtres, etc. 1 vol. in-8. . 7 fr.
Les Bardes bretons. Poëmes du VIe siècle, traduits en français avec fac-simile. Nouv. édit. 1 vol. in-8. . . . . 7 fr.
Les Romans de la Table ronde et les Contes des anciens Bretons. Nouv. édit. 1 vol. in-8.. . . . . 7 fr.
Myrdhinn ou l'Enchanteur Merlin. Son histoire, ses œuvres, son influence. 1 vol. in-8. . . . . 7 fr.

VITU (AUG.)

Histoire civile de l'armée, ou des conditions du service militaire en France avant la formation des armées permanentes. 1 vol. in-8. . . . . 7 fr. 50

VOLTAIRE

Lettres inédites de Voltaire, publiées par MM. DE CAYROL et FRANÇOIS, avec une Introduction par M. SAINT-MARC GIRARDIN. 2e édit. augmentée. 2 vol. in-8. 14 fr.
Voltaire à Ferney. Correspondance inédite avec la duchesse de Saxe-Gotha, nouvelles Lettres et Notes historiques inédites, publiées par MM. Ev. BAVOUX et A. FRANÇOIS. Nouv. édit. augmentée. 1 vol. in-8.. . . . . 6 fr.
Voltaire et le président de Brosses. Correspondance inédite, suivie d'un Supplément à la Correspondance de Voltaire, publiée avec notes, par M. TH. FOISSET. 1 vol. in-8. . . . . 5 fr.

WITT (CORNÉLIS DE)

Études sur l'histoire des États-Unis d'Amérique. 2 volumes :
— **Thomas Jefferson**. Étude historique sur la démocratie américaine. 2e édit. 1 vol. in-8, orné d'un portrait.. . . . . 7 fr.
— **Histoire de Washington** *et de la fondation de la République des États-Unis*, avec une Étude par M. GUIZOT, 5e édit. 1 vol. in-8, orné de portraits et d'une carte.. . . . . 7 fr.

ZELLER

Les Empereurs romains. Caractères et portraits historiques. 1 vol. in-8. 7 fr.
Italie et Renaissance. Entretiens sur l'histoire. 1 vol. in-8. . . . . . 7 fr. 50

ÉDITIONS IN-12

ARMAILLÉ (C··· D') NÉE DE SÉGUR
La Reine Marie Leckzinska. Étude historique. 1 vol. in-12. . . . . . . 3 fr.
Catherine de Bourbon, sœur de Henri IV. Etude historique. 1 vol. in-12. 5 fr.

ALAUX
La Raison.—Essai sur l'avenir de la philosophie. 1 vol. in-12. . . . . . . 3 fr.

AMPÈRE (J. J.)
La Science et les Lettres en Orient. 2· édit. 1 vol. in-12. . . . . 3 fr. 50
Littérature et Voyages. Nouv. édit. 1 vol. in-12. . . . . 3 fr. 50
Heures de poésie. Nouvelle édition. 1 vol. in-12. . . . . 3 fr. 50
La Grèce, Rome et Dante, études littéraires. 3· édit. 1 vol. in-12.. . 3 fr. 50

AUDIAT
Bernard Palissy. Étude sur sa vie et ses travaux. *(Ouvrage couronné par l'Académie française.)* 1 vol. in-12.. . . . . 3 fr. 50

AUDLEY (Mᵐᵉ)
Beethoven, sa vie, ses œuvres. 1 vol. in-12. . . . . 3 fr

D'AZEGLIO (MASSIMO)
L'Italie de 1847 à 1865. Correspondance politique publiée par Eug. Rendu.
3· édition. 1 vol. in-12. . . . . 3 fr. 50

BADER (Mᴵᴵᵉ).
La Femme biblique, sa vie morale et sociale. 2· édit. 1 v. in-12. . . . 3 fr. 50

BABOU
Les Amoureux de Mᵐᵉ de Sévigné, etc. 2· édition. 1 vol. in-12. . . . 3 fr.

BAGUENAULT DE PUCHESSE
L'Immortalité. — *La mort et la vie.* 3· édit. revue. 1 vol. in-12. . . . 5 fr. 50

BAILLON (COMTE DE)
Lord Walpole à la cour de France. 1725-1750. 2· édit. 1 vol. in-12. 5 fr. 50

BARET
Les Troubadours, et leur influence sur la littérature du midi de l'Europe,
3· édition. 1 vol. in-12. 3 fr. 50

BARANTE
Histoire des ducs de Bourgogne de la maison de Valois. Nouv. édit., illustrée
de vignettes. 8 vol. in-12.. 24 fr.
Tableau littéraire du xvⁱⁱⁱ· siècle. Nouv. édit. 1 vol. in-12. . . . . . 3 fr. 50
Royer-Collard. — Ses discours et ses écrits. Nouv. édit. 2 vol. in-12.. . 7 fr.
Études historiques et biographiques. Nouv. édit. 2 vol. in-12. . . . . 7 fr.
Études littéraires et historiques. Nouv. édit. 2 vol. in-12.. . . . . . . 7 fr.
Histoire de Jeanne d'Arc. *Édition populaire.* 1 vol. in-12. . . . . . . 1 fr. 25

H. BAUDRILLART
Publicistes modernes. *Young, de Maistre, M. de Biran, Ad. Smith, L. Blanc, Proudhon, Rossi, Stuart-Mill,* etc. 2· édition. 1 vol. in-12.. . . . . 3 fr. 50

BAUTAIN (L'ABBÉ)
Philosophie des lois au point de vue chrétien. 3· édit. 1 vol. in-12.. . 3 fr. 50
La Conscience, ou la Règle des actions humaines. 2· édit. 1 vol. in-12. 3 fr. 50

BENOIT
Chateaubriand, sa vie, ses œuvres. Etude littéraire et morale. *(Ouv. cour. par l'Académie française.)* 1 vol. in-12. . . . . 3 fr.

BERSOT (ERN.)
Morale et politique, 2· édit. 1 vol. in-12.. . . . . 3 fr. 50
Essais de philosophie et de morale. 2· édit. 2 vol. in-12.. . . . . . . 7 fr.

BERTAULD
La Liberté civile. Nouvelles études sur les publicistes. 2· éd. 1 v. in-12. 3 fr. 50

BEULÉ
Phidias. Drame antique. 2· édition. 1 volume in-12. . . . . 5 fr. 60
Causeries sur l'art. 2· édit. 1 vol. in-12. . . . . 3 fr. 50

BLANCHECOTTE (Mᵐᵉ)
Impressions d'une femme. *(Ouvrage couronné par l'Académie française.)*
1 vol. in-12.. . . . . 3 fr.

BOILLOT
L'Astronomie au XIX· siècle. Tableau des progrès de cette science depuis
l'antiquité jusqu'à nos jours. 1 vol. in-12. . . . . 3 fr. 50

BONHOMME (H.)

Madame de Maintenon et sa famille. Lettres et documents inédits, avec notes, etc. 1 vol. in-12. . . . . 5 fr.

BROGLIE (ALB. DE)

L'Église et l'Empire romain au IV° siècle. 3 part. en 6 vol. in-12. . . 21 fr·

BUNSEN (C. C. J. DE)

Dieu dans l'histoire, trad. par DIETZ, avec une notice par HENRI MARTIN, 2° édit., 1 vol. . . . . 4 fr.

CELLER (LUD.)

Les Origines de l'Opéra et le Ballet de la Reine, 1581, etc. 1 v. in-12 3 fr. 50

CÉNAC MONCAUT.

Histoire du caractère de l'esprit français, depuis les temps les plus reculés jusqu'à la Renaissance. 5 vol. in-12 . . . . 10 fr. 50

CHAIGNET

Vie de Socrate. 1 vol. in-12. . . . . 5 fr.

CHASLES (PHILARÈTE)

Voyages d'un critique à travers la vie et les livres. Orient. 2° édit. 1 vol. in-12. . . . . 5 fr. 50

CHASLES (ÉMILE)

Michel de Cervantes. Sa Vie, son temps etc. 2° édit. 1 vol. in-12. . . 5 fr. 50

CHASSANG

Le Spiritualisme et l'idéal dans l'art et la poésie des Grecs. 2° édit. 1 v. in-12. 3 50
Apollonius de Tyane. Sa vie, ses voyages, ses prodiges par Philostrate et ses lettres, trad. du grec, avec notes, etc. 2° édit. 1 vol. in-12. . . . . . 3 fr. 50
Histoire du Roman dans l'antiquité grecque et latine. (*Ouvrage couronné par l'Académie des inscriptions.*) Nouv. édit. 1 vol. in-12. . . . . . . 3 fr. 50

CHESNEAU (ERNEST)

Les Nations rivales dans l'art. Peinture et Sculpture. 1 vol. in-12. . 3 fr. 50
Les Chefs d'école. — La Peinture au xıx° siècle. 1 vol. . . . . . . 3 fr. 50
L'Art et les Artistes modernes en France et en Angleterre. 1 v. in-12. . 3 fr.

CLÉMENT (PIERRE)

Madame de Montespan. 2° édition. 1 vol. in-12. . . . . 3 fr. 50
L'Italie en 1671. Relation du marquis de Seignelay, précédée d'une Étude historique. 1 vol. in-12. . . . . 5 fr.
La Police sous Louis XIV. 2° édition. 1 vol. in-12. . . . . 3 fr. 50
Jacques Cœur et Charles VII. Étude historique. etc. (*Ouv. couronné par l'Acad. française.*) Nouv. édit. 1 fort vol. in-12. . . . . 4 fr.
Portraits historiques. 2° édit. 1 vol. in-12. . . . . 3 fr. 50
Enguerrand de Marigny, *Beaune de Semblançay, le Chevalier de Rohan.* Épisodes de l'histoire de France. 2° édit. 1 vol. in-12. . . . . 3 fr.

CLÉMENT DE RIS

Critiques d'art et de littérature. 1 vol. in-12. . . . . 3 fr.

COSSOLLES (H. DE)

Du Doute. 1 vol. in-12. . . . . 3 fr. 50

COUSIN (V.)

La Société française au XVII° siècle, d'après le *Grand Cyrus* de M°° Scudéry. Nouv. édit, 2 vol. in-12. 7 fr.
Madame de Sablé. 5° édit. 1 vol. in-12. . . . . 3 fr. 50
La Jeunesse de madame de Longueville. 5° édition. 1 vol. in-12. 3 fr. 50
Madame de Longueville pendant la Fronde. 5° édit. 1 vol. in-12. . 3 fr. 50
Jacqueline Pascal. Premières études, etc. 5° édit. 1 vol. in-12. . . 3 fr. 50
Madame de Chevreuse. 4° édition. 1 vol. in-12. . . . . 3 fr. 50
Madame de Hautefort. 5° édit. 1 vol. in-12. . . . . 3 fr. 50
Premiers essais de philosophie. (Cours de 1815.) Nouv. édit. 1 v. in-12. 3 fr. 50
Philosophie sensualiste du XVIII° siècle. Nouv. édit. 1 vol. in-12. 3 fr. 50
Introduction à l'histoire de la Philosophie. (Cours de 1828.) 1 v. in-12. 3 fr. 50
Histoire générale de la Philosophie, depuis les temps les plus anciens jusqu'au xıx° siècle. Nouvelle édition, 1 vol. in-12. . . . . 4 fr.
Philosophie de Locke. (Cours de 1830.) Nouv. édit. 1 vol. in-12. . . 3 fr. 50
Du Vrai, du Beau et du Bien, 12° édition. 1 vol. in-12. . . . . . . 3 fr. 50
Des Principes de la Révolution française et *du Gouvernement représentatif* suivis des *Discours politiques.* Nouv. édit. 1 vol. in-12. . . . . 3 fr. 50

CRAVEN (Mᵐᵉ AUG.)

Récit d'une sœur, souvenirs de famille. (*Ouv. couronné par l'Académie française.*) 20ᵉ édit. 2 vol. in-12. . . . . 8 fr.
Anne Séverin. 6ᵉ édit. 1 vol. in-12. . . . . 4 fr.

DANTIER

Les Monastères bénédictins d'Italie. Souvenirs, etc. (*Ouv. couronné par l'Académie française.*) 2ᵉ édition. 2 vol. in-12. . . . . 8 fr.

DAREMBERG

La Médecine. — *Histoire et doctrines.* (*Ouv. couronné par l'Académie française.*) 2ᵉ édit. 1 vol. in-12. 3 fr. 50

DE BROSSES (LE PRÉSIDENT)

Le président de Brosses en Italie. Lettres familières écrites d'Italie, en 1739 et 1740. 3ᵉ édit. 2 vol. in-12. . . . . 7 fr.

DELAVIGNE (CASIMIR)

Œuvres complètes : *Théâtre et poésies.* 4 vol. in-12. . . . . 14 fr.

DELÉCLUZE (E. J.)

Louis David. Son école et son temps. Souvenirs. Nouv. éd. 1 vol. in-12. 3 fr. 50

DESJARDINS (ARTHUR)

Les Devoirs. — Essai sur la morale de Cicéron. (*Ouvrage couronné par l'Institut.*) 1 vol. in-12. . . . . 3 fr. 50

DESJARDINS (ERNEST)

Le Grand Corneille historien. Nouv. édit. 1 vol. in-12. . . . . 3 fr.

DIONYS

L'âme. Son existence, ses manifestations. 1 vol. in-12 . . . . 3 fr. 50

DU CAMP (MAXIME)

Orient et Italie, souvenirs de voyages et de lectures. 1 vol. in-12. . . 3 fr. 50

ERNOUF (BARON)

Le général Kléber. Mayence, Vendée, Allemagne, Égypte. 1 vol. . . . . . 3 fr.

FALLOUX (Cᵗᵉ DE)

Correspondance du R. P. Lacordaire et de Mᵐᵉ Swetchine. 4ᵉ édition, 1 vol. in-12. . . . . 4 fr.
Madame Swetchine. *Méditations et prières,* 2ᵉ édition. 1 vol. in-12. . 3 fr. 50
Madame Swetchine. *Sa vie et ses œuvres,* nouv. édit. 2 vol. in-12. . . 7 fr.
Madame Swetchine. *Lettres inédites,* 2ᵉ édit. 1 vol. in-12. . . . . . . 3 fr. 50
Louis XVI, 4ᵉ édit. 1 vol. in-12. 3 fr. 50

FEILLET (ALPH.)

La misère au temps de la Fronde et saint Vincent de Paul. 3ᵉ édit. revue. 1 vol. in-12 . . . . 3 fr. 50

FÉNELON

Aventures de Télémaque et d'Aristonoüs, précédées d'une Étude par M. Villemain. Nouv. édit., ornée de 24 vignettes. 1 vol. in-12. . . . . 3 fr.

FEUGÈRE (LÉON)

Caractères et Portraits littéraires du XVIᵉ siècle. 2 vol. in-12. . . . 7 fr.
Les Femmes poètes du XVIᵉ siècle, etc. 1 vol. in-12. . . . . 3 fr. 50

FLAMMARION

Dieu dans la nature. Philosophie des sciences et réfutation du matérialisme. 5ᵉ édit. 1 fort vol. avec portrait. 4 fr.
La Pluralité des mondes habités, au point de vue de l'astronomie, de la physiologie et de la philosophie naturelle. 15ᵉ édit. 1 fort vol. in-12, fig. . 3 fr. 50
Les Mondes imaginaires et les Mondes réels. Voyage astronomique pittoresque et Revue critique des théories humaines sur les habitants des astres. 6ᵉ édit. 1 vol. in-12. Fig. . . . . 3 fr. 50

FLEURY (ED.)

Saint-Just et la Terreur. Étude sur la Révolution. 2 vol. in-12. . . . . 6 fr.

FOURNEL (VICTOR)

La Littérature indépendante et les Écrivains oubliés. Essais de critique et d'érudition sur le XVIIᵉ siècle. 1 vol. in-12. . . . . 3 fr. 50

GALITZIN (LE PRINCE AUG.)

La Russie au XVIIIᵉ siècle. Mémoires inédits sur Pierre le Grand, Catherine Iʳᵉ et Pierre III. 2ᵉ édition. 1 vol. in-12. . . . . 3 fr. 50

GANDAR

Bossuet orateur. (*Ouvrage couronné par l'Académie française.*) 2ᵉ édition. 1 vol. . . . . 3 fr. 50
Choix de Sermons de la jeunesse de Bossuet. 2ᵉ édition. 1 vol. 3 fr. 50

GARCIN (EUG.)
Les Français du Nord et du Midi. 2ᵉ édit. 1 vol. in-12. . . . . . . 3 fr. 50
GEFFROY
Gustave III et la Cour de France. (*Ouvrage couronné par l'Académie française.*)
2ᵉ édit. 2 vol. in-12, ornés de portraits et fac-simile. . . . . 8 fr.
GERMOND DE LAVIGNE
Le Don Quichotte de F. Avellaneda. Trad. avec notes. 1 vol. in-12. . . 3 fr.
GÉRUZEZ
Histoire de la Littérature française depuis ses origines jusqu'à la Révolution.
(*Ouv. cour. par l'Académie française, 1ᵉʳ prix Gobert.*) Nouv. éd. 2 vol. in-12. 7 fr.
SAINT-MARC GIRARDIN
La Syrie en 1861. Condition des Chrétiens en Orient. 1 vol. in-12. . . 3 fr.
Tableau de la littérature française au XVIᵉ siècle. 3ᵉ édit. 1 vol.
in-12. . . . . 3 fr. 50
GOBINEAU (Cᵗᵉ DE).
Les Religions et les Philosophies dans l'Asie centrale. 2ᵉ édition. 1 vol.
in-12. . . . . 4 fr.
GONCOURT (E. ET J. DE)
**Histoire de la société française pendant la Révolution et pendant le
Directoire.** Nouvelle édition. 2 vol. in-12. . . . . 7 fr.
GRUN
Pensées des divers âges de la vie. Nouv. édit. 1 vol. in-12 . . . . 3 fr.
GUADET
Les Girondins. Leur vie privée, leur vie publique, leur proscription et leur mort.
2ᵉ édit. 2 vol. in-12. . . . . 7 fr.
GUIZOT
Histoire de la Révolution d'Angleterre, depuis l'avénement de Charles 1ᵉʳ jus-
qu'au rétablissement des Stuarts (1625-1660). 6 vol. in-12, en trois parties. 21 fr.
Monk. Chute de la République, etc. Étude historique. 1 vol. in-12. 3 fr. 50
Portraits politiques des hommes des divers partis : *Parlementaires, Cavaliers,
Républicains, Niveleurs;* études historiques. 1 vol. in-12. . . . . 3 fr. 50
Sir Robert Peel. Étude d'histoire contemporaine, augmentée de documents iné-
dits. 1 vol. in-12. . . . . 3 fr. 50
Essais sur l'Histoire de France, etc. Nouv. édit. 1 vol. in-12. . . 3 fr. 50
Histoire de la civilisation en Europe et en France, depuis la chute de l'Em-
pire romain, etc. 10ᵉ édit. 5 vol. in-12. . . . . 17 fr. 50
Corneille et son temps. Étude littéraire suivie d'un *Essai sur Chapelain, Rotrou
et Scarron,* etc. Nouv. édit. 1 vol. in-12. . . . . 3 fr. 50
Méditations et Études morales. Nouv. édit. 1 vol. in-12. . . . . . 3 fr. 50
Études sur les Beaux-Arts en général. Nouv. édit. 1 vol. in-12. . . 3 fr. 50
Discours académiques, suivis des *Discours prononcés au Concours général de
l'Université et devant diverses Sociétés religieuses,* etc. 1 vol. in-12. . 3 fr. 50
Abailard et Héloïse. Essai historique par M. et Mᵐᵉ Guizot, suivi des *Lettres
d'Abailard et d'Héloïse,* trad. par M. Oddoul. Nouv. édit. 1 vol. in-12. 3 fr. 50
Histoire de Washington, par M. C. de Witt, avec une Introduction par
M. Guizot. Nouv. édit. 1 vol. in-12, avec carte. . . . . 3 fr. 50
Grégoire de Tours et Frédégaire. — Histoire des Francs et chronique, trad.
Nouv. édit. revue et augmentée de la *Géographie de Grégoire de Tours et de Frédé-
gaire,* par M. Alfred Jacobs. 2 vol. in-12. . . . . 7 fr.
Cet ouvrage est autorisé pour les Écoles publiques par décision de Son Exc. le ministre de
l'Instruction publique.
Shakspeare. Œuvres complètes. 8 vol. in-12, à. . . . . 3 fr. 50
GUIZOT (GUILLAUME)
Ménandre. Étude historique et littéraire sur la Comédie et la Société grecques.
(*Ouvrage couronné par l'Académie française.*) 1 vol. in-12 avec portrait. 3 fr. 50
EUGÉNIE DE GUÉRIN
Journal et Fragments, publiés par Trébutien. (*Ouvrage couronné par l'Aca-
démie française.*) 20ᵉ édition. 1 vol. in-12. . . . . 3 fr. 50
Lettres d'Eugénie de Guérin. 13ᵉ édit. 1 vol. in-12. . . . . 3 fr. 50
Étude sur Eugénie de Guérin par Aug. Nicolas. Broch. in-12. . . . . 50 c.

MAURICE DE GUÉRIN
Journal, Lettres et Fragments, publiés par Trébutien, avec une Étude par M. Sainte-Beuve. 11ᵉ édition. 1 vol. in-12 . . . . 3 fr. 50

HOMMAIRE DE HELL (Mᵐᵉ)
Les Steppes de la mer Caspienne. 2ᵉ édition. 1 volume in-12 . . . . . 3 fr. 50

HOUSSAYE (ARSÈNE)
Les Charmettes. — *J. J. Rousseau et Madame de Warens.* Nouvelle édition. 1 vol. in-12, portrait. . . . . 3 fr. 50

HOUSSAYE (HENRY)
Histoire d'Apelles. Études sur l'art grec. 3ᵉ édit. 1 vol. in-12. . . . . 3 fr. 50

JACQUINET
Tableau du Monde physique. Excursions à travers la science. 1 vol. in-12. 3 fr.

JACOBS (ALFRED)
L'Afrique nouvelle. — Récents voyages.— État moral, intellectuel et social dans le continent noir. 1 vol. in-12 avec Carte. . . . . 3 fr. 50

J. JANIN
La Poésie et l'Éloquence à Rome au temps des Césars. Nouvelle édition. 1 vol. in-12.. . . . . 3 fr. 50

JOUBERT
Pensées, précédées de sa Correspondance, d'une notice par M. P. de Raynal, et de jugements littéraires par MM. Sainte-Beuve, Saint-Marc Girardin, de Sacy, Géruzez et Poitou. Nouv. édit. 2 vol. in-12. . . . . 7 fr.

JOULIN (Dʳ)
Les Causeries du Docteur. 2ᵉ édit. augmentée. 1 vol. in-12. . . . . . . 3 fr

JOUSSERANDOT
La Civilisation moderne. 2ᵉ édit. 1 vol. in-12. . . . . 3 fr. 50

JULIEN (STANISLAS)
Yu-kiao-li. — *Les Deux cousines*, — roman chinois. 2 vol. in-12.. . . . . 7 fr.
Les Deux jeunes filles lettrées. Roman traduit du chinois. 2 vol. in-12. 7 fr.

LAGRANGE (Mᵐᵉ DE)
Laurette de Malboissière. Correspondance d'une jeune fille du temps de Louis XIV. 1 vol. in-12. . . . . 3 fr. 50

LAGRANGE (L.)
Pierre Puget, peintre, sculpteur, etc. 2ᵉ édit. 1 vol. in-12. . . . . . . 3 fr. 50
Joseph Vernet et la Peinture au xviiiᵉ siècle. 2ᵉ édit. 1 vol. in-12. . . 3 fr. 50

LAMENNAIS
Dante. *La Divine Comédie.* Trad. avec une introd. et des notes. Nouvelle édition. 2 vol. in-12. . . . . 7 fr.
Correspondance inédite de Lamennais, publiée par M. Forgues. Nouvelle édition. 2 vol. in-12. . . . . 7 fr.

LA MORVONNAIS
La Thébaïde des Grèves. — *Reflets de Bretagne.* — Suivis de poésies posthumes. Nouvelle édition. 1 vol. in-12. . . . . 3 fr. 50

LANNAU-ROLLAND
Michel-Ange et Vittoria Colonna. Étude suivie de la traduct. complète des poésies de Michel-Ange. Nouv. édit. 1 vol. in-12. . . . . 3 fr.

LA PILORGERIE (J. DE)
Campagne et Bulletins de la grande armée d'Italie commandée par Charles VIII, d'après des documents rares ou inédits. 1 vol. in-12.. . . . . . 3 fr. 50

LAPRADE (VICTOR DE)
Le Sentiment de la nature avant le christianisme. 2ᵉ édit. 1 vol. in-12. 3 fr. 50
Questions d'Art et de Morale. Nouv. édit. 1 vol. in-12.. . . . . 3 fr. 50
L'Éducation homicide. Plaidoyer en faveur de l'enfance. 2ᵉ éd. 1 vol. in-12. 1 fr. 50

LA TOUR (ANT. DE)
Espagne. Traditions, Mœurs et littérature. 1 volume in-12. . . . . . . 3 fr. 50

LEBRUN (PIERRE)
Œuvres poétiques et dramatiques. Nouv. édit. 4 vol. in-12. . . . . . . 14 fr.

LEGOUVÉ
Histoire morale des Femmes. 4ᵉ édit. revue et augm. 1 vol. in-12. 3 fr. 50

LÉLUT

Physiologie de la pensée. Recherche critique des rapports du corps à l'esprit.
Nouv. édit. 2 vol. in-12. . . . . 7 fr.

LEMOINE (ALBERT)

L'Ame et le Corps. Études de philosophie morale et natur. 1 vol. in-12.   3 fr. 50
L'Aliéné devant la philosophie, la morale et la société. 2ᵉ édit. 1 vol. in-12.   3 fr. 50

LENORMANT (Mᵐᵉ)

Quatre Femmes au temps de la Révolution. (*Ouvrage couronné par l'Académie française.*) 1 vol. in-12. . . . . 3 fr. 50

LENORMANT (FR.)

Turcs et Monténégrins. 1 vol. in-12. . . . . 5 fr. 50

LÉPINOIS (H. DE)

Le Gouvernement des papes et les révolutions dans les États de l'Église. 2ᵉ édit.
1 vol. in-12. . . . . 3 fr. 50

J. LEVALLOIS

Critique militante. Études de philosophie littéraire. 1 vol. in-12. . . . . 3 fr.

LÉVY BING

Méditations religieuses. 1 vol. in-12. . . . . 5 fr. 50

LITTRÉ.

Études sur les Barbares et le moyen âge. 2ᵉ édit. 1 vol. in-12. . 3 fr. 50

LIVET (CH. L.)

Précieux et Précieuses. Caractères du xviiᵉ siècle. 2ᵉ édit. 1 v. in-12. 3 fr. 50

LUCAS

Le Procès du matérialisme. Étude philosophique. 1 vol. in-12. . . . . 3 fr.

MARGERIE (A. DE)

Théodicée. Études sur Dieu, la Providence, la Création. 2ᵉ édit. (*Ouvrage couronné par l'Académie française.*) 2 vol. in-12. . . . . 7 fr.

MARMIER (XAV.)

Souvenirs d'un voyageur. 1 vol. in-12. . . . . 3 fr. 50

MARTIN (TH. HENRY)

Galilée. Les droits de la science et la méthode des sciences physiques.
1 vol. in-12. . . . . 3 fr. 50
La Foudre, l'Électricité et le Magnétisme chez les anciens. 1 v. in-12. 3 fr. 50

MARY ⁕⁕⁕ (Dʳ)

Le Christianisme et le Libre Examen. Discussion critique des arguments apologétiques. 2ᵉ édition. 2 vol. in-12. . . . . 7 fr. »

MATTER

Le Mysticisme au temps de Fénelon. 2ᵉ édit. 1 vol. in-12. . . . . 3 fr. 50
Saint-Martin, le Philosophe inconnu, etc. 2ᵉ édition. 1 vol. in-12. . . 3 fr. 50
Swedenborg, sa vie, sa doctrine, etc. 2ᵉ édition. 1 vol. in-12. . . . . 3 fr. 50

MATHIEU

Histoire des Miraculés et des Convulsionnaires de St-Médard, avec Notices sur le diacre Pâris, Carré de Montgeron et le Jansénisme. 1 v. in-12. . . 3 fr.

MAURY (ALFRED)

Les Académies d'autrefois. 2 vol. in-12.
  — *L'ancienne Académie des sciences.* 2ᵉ édition. 1 vol. in-12. . . . . . 3 fr. 50
  — *L'ancienne Académie des inscriptions et belles-lettres.* 1 v. in-12. 3 fr. 50
Croyances et légendes de l'antiquité. 2ᵉ édition. 1 vol. in-12. . . . 3 fr. 50
La Magie et l'Astrologie dans l'antiquité et au moyen âge. 3ᵉ édition. 1 vol
in-12. . . . . 3 fr. 50
Le Sommeil et les Rêves. 5ᵉ édit. revue et augm. 1 vol. in-12. . 3 fr. 50

MAZADE (CH. DE)

Les révolutions de l'Espagne contemporaine. 1 vol. in-12. . . . 3 fr. 50

MEAUX (VICOMTE DE)

La Révolution et l'Empire, 1798-1815. Étude d'histoire politique. 2ᵉ édit. 1 vol.
in-12. . . . . 3 fr. 50

MENARD

La Sculpture ancienne et moderne. (*Ouvr. cour. par l'Acad. des Beaux-Arts.*)
2ᵉ édition. 1 volume in-12. . . . . 3 fr. 50
Tableau historique des Beaux-Arts, depuis la Renaissance. (*Ouvr. cour. par l'Acad. des Beaux-Arts.*) 2ᵉ édition. 1 vol. in-12. . . . . 3 fr. 50
Hermès Trismégiste, traduction et étude. 2ᵉ édition. 1 vol. in-12. . 3 fr. 50

MENNESSIER-NODIER (Mme)
Charles Nodier. Épisodes et souvenirs de sa vie. 1 vol. in-12.. . . . .   3 fr. 50

MERCIER DE LACOMBE (CH.)
Henri IV et sa politique (*Ouvrage couronné par l'Académie française,* 2e *prix Gobert.*) Nouv. édit. 1 vol. in-12. . . . .   3 fr. 50

MERLET (G.)
Causeries sur les femmes et les livres. 1 vol. in-12.. . . . .   3 fr.
Portraits d'hier et d'aujourd'hui. 1 vol. in-12. . . . .   3 fr.
Les Réalistes et les Fantaisistes dans la littérature. 1 vol. in-12 . .   3 fr.

MÉZIÈRES
Pétrarque. Étude d'après de nouveaux documents. (*Ouvrage couronné par l'Académie française.*) 1 vol. in-12. . . . .   3 fr. 50

MICHAUD (L'ABBÉ)
Guillaume de Champeaux et les écoles de Paris au XIIe siècle. 2e édit. 1 vol. in-12. . . . .   3 fr. 50

MIGNET
Éloges historiques, faisant suite aux *Portraits et Notices.* Nouvelle édition. 1 vol. in-12. . . . .   3 fr. 50
Charles-Quint, SON ABDICATION, SON SÉJOUR ET SA MORT AU MONASTÈRE DE YUSTE. 7e édit. 1 vol. in-12. . . . .   3 fr. 50
Histoire de la Révolution française depuis 1789 jusqu'à 1814. 9e édit. 2 vol. in-12. . . . .   7 fr. »

MOLAND (LOUIS)
Molière et la comédie italienne. 2e édition. 1 joli vol. illustré de 20 types du théâtre italien. . . . .   4 fr. »
Origines littéraires de la France. — Légende. — Roman. — Prédication. — Théâtre, etc. 2e édit. 1 vol. in-12. . . . .   3 fr. 50

MONTALEMBERT
De l'Avenir politique de l'Angleterre. 6e édit. augmentée. 1 v. in-12.   3 fr. 50

MOUY (CH. DE)
Don Carlos et Philippe II (*ouvrage couronné par l'Académie française*). 1 vol. in-12. . . . .   3 fr. 50

NIGHTINGALE (MISS)
Des Soins à donner aux malades, etc. Traduit de l'anglais et précédé d'une lettre de M. Guizot et d'une Introduction par le Dr Daremberg. 1 vol. in-12.   3 fr.

NOURRISSON (F.)
Tableau des progrès de la pensée humaine depuis Thalès jusqu'à Hegel. 4e édit. augm. 1 vol. in-12. . . . .   4 fr.
Philosophie de saint Augustin (*ouvrage couronné par l'Institut*). 2e édition. 2 vol. in-12.. . . . .   7 fr.
La Politique de Bossuet. 1 vol. in-12. . . . .   3 fr.
Spinosa et le Naturalisme contemporain. 1 vol. in-12.. . . . .   3 fr.
Portraits et Études. Histoire et Philosophie. Nouv. édit. 1 vol. in-12.. . .   3 fr.
Le Cardinal de Bérulle. Sa vie, son temps, ses écrits. 1 vol. in-12.. . . .   3 fr.

D'ORTIGUE (J.)
La Musique à l'église. Philosophie, littérat., critique music. 1 v. in-12.   3 fr. 50

PAGANEL
Histoire de Scanderbeg ou *Turks et Chrétiens au* XVe *siècle.* Nouv. édit. 1 vol. in-12. . . . .   3 fr. 50

PELLISSIER
La Langue française depuis son origine jusqu'à nos jours; tableau historique de sa formation et de ses progrès. 1 vol. in-12.. . . . .   3 fr.

PENQUER (Mme)
Les Chants du foyer. Poésies. 2e édition. 1 vol. in-12. . . . .   3 fr. 50
Révélations poétiques. 2e édit. 1 vol. in-12. . . . .   3 fr. 50

PEZZANI (A.)
La Pluralité des existences de l'âme conforme à la doctrine de la Pluralité des Mondes, opinions des philosophes anciens et modernes. 4e édit. 1 v. in-12.   3 fr. 50

PIERRON (ALEXIS)

Voltaire et ses Maîtres. Épisode de l'histoire des humanités en France. 1 volume in-12. . . . . 3 fr.

POIRSON (AUG.)

Histoire du règne de Henri IV. Nouv. édit. 4 vol. in-12. . . . . 16 fr.

PRELLER

Les Dieux de l'ancienne Rome.— Mythologie romaine, traduction par L. Dietz, avec préface de M. Alf. Maury. 2ᵉ édition. 1 fort vol. in-12.. . . . . 4 fr.

PUYMAIGRE (TH. DE)

Les vieux Auteurs castillans. 2 vol. in-12. . . . . 7 fr. »

Chants populaires recueillis dans le pays messin, mis en ordre et annotés. 1 fort vol. in-12. . . . . 4 fr.

RAYNAUD (M.)

Les Médecins au temps de Molière. — Mœurs. — Institutions. — Doctrines Nouv. édition. 1 vol. in-12.. 3 fr. 50

RÉMUSAT (CH. DE)

Saint Anselme de Can'orbéry. 2ᵉ édition. 1 volume in-12. . . . . . . 3 fr. 50

Bacon. Sa vie, son temps et sa philosophie. 1 vol. in-12. . . . . 5 fr. 50

L'Angleterre au XVIIIᵉ siècle. Études et portraits pour servir à l'histoire politique de l'Angleterre. 2 vol. in-12. . . . . 7 fr. »

Critiques et Études littéraires. Nouv. édition. 2 vol. in-12.. . . . . . 7 fr. »

★ ★ ★

Channing. Sa vie et ses œuvres, préface de M. de Rémusat. 1 vol. in-12. 3 fr. 50

La Vie de village en Angleterre, ou Souvenirs d'un exilé. 1 v. in-12. 3 fr. 50

ROBERT (AUG.)

La Parole et l'Épée. Épisodes dramatiques de la Réforme en Allemagne. 1521-1525. 1 vol. in-12. . . . . 3 fr. 50

RONDELET (ANT.)

Le Lendemain du mariage. 1 vol. in-12. . . . . 3 fr. 50

La Morale de la richesse. 1 vol. in-12. . . . . 3 fr. 50

Du Spiritualisme en économie politique. (*Ouvrage couronné par l'Académie des sciences morales.*) 2ᵉ édit. 1 vol. in-12. . . . . 3 fr. 50

Mémoires d'Antoine, ou notions populaires de morale et d'économie politique. (*Ouvrage couronné par l'Académie française.*) Nouvelle édition. 1 vol. in-12. 2 fr.

ROUSSET (C.)

Le comte de Gisors. Étude historique. 2ᵉ édition. 1 volume in-12. . . 3 fr. 50

Histoire de Louvois et de son administration, etc. (*Ouvrage couronné par l'Académie française, 1ᵉʳ prix Gobert.*) Nouvelle édition. 4 vol. in-12. . 14 fr.

SAISSET

Descartes, ses Précurseurs, ses Disciples. 2ᵉ édition. 1 vol. in-12. 3 fr. 50

Le Scepticisme. Ænésidème, Pascal, Kant, etc. 2ᵉ édit. 1 vol. in-12. 3 fr. 50

SACY (S. DE)

Variétés littéraires, morales et historiques. Nouv. édit. 2 vol. in-12.. . . 7 fr.

SAINTE-AULAIRE (Mᵐᵉ DE)

La Chanson d'Antioche, composée par Richard le Pèlerin, etc. trad. 1 vol. in-12. . . . . 3 fr.

SAINT-HILAIRE (BARTH.)

Le Bouddha et sa religion. 3ᵉ édit. revue et corrigée. 1 vol. in-12. . 3 fr. 50

Mahomet et le Coran, précédé d'une Introduction sur les devoirs mutuels de la religion et de la philosophie. 2ᵉ édit. 1 vol. in-12. . . . . 3 fr. 50

SALVANDY

Don Alonso, ou l'Espagne. Histoire contemporaine. Nouv. édit. 2 vol. in-12. 7 fr.

SCHILLER

Œuvres dramatiques complètes. Traduction de M. de Barante, revue par M. de Suckau. 3 vol. in-12. 10 fr. 50

SCHNITZLER

La Russie en 1812. — *Rostoptchine et Kutusof.* Nouv. édit. 1 vol. in-12.. . 3 fr.

SÉGUR

Histoire universelle. Ouv. adopté par l'Université. 8ᵉ édit. 6 vol. in-12. 18 fr.
— **Histoire ancienne** Nouv. édit. 2 vol. in-12. . . . . 6 fr.
— **Histoire romaine.** Nouv. édit. 2 vol. in-12. . . . . 6 fr.
— **Histoire du Bas-Empire.** Nouv. édit. 2 vol. in-12. . . . . 6 fr.
Galerie morale, avec une notice par M. SAINTE-BEUVE. 1 vol. in-12.. . . 3 fr.

SHAKSPEARE

Œuvres complètes. Traduction de M. GUIZOT. 8 vol. in-12 . . . . 28 fr.

ALEX. SOREL

Le Couvent des Carmes et le Séminaire Saint-Sulpice pendant la Terreur.
2ᵉ édit. 1 vol. in-12 avec figures. . . . . 3 fr. 50

THIERRY (AMÉDÉE)

Histoire d'Attila et de ses successeurs en Europe. 3ᵉ édit. 2 vol. in-12. 7 fr.
Tableau de l'Empire romain, depuis la fondation de Rome, etc. Nouv. édit.
1 vol. in-12. . . . . : . . . . 3 fr. 50
Récits de l'Histoire romaine au Vᵉ siècle. Derniers temps de l'empire d'Occident. Nouv. édit. 1 vol. in-12. 3 fr. 50
Histoire des Gaulois depuis les temps les plus reculés jusqu'à l'entière domination romaine. Nouv. édit. 2 vol. in-12. . . . . 7 fr.

THURET (Mᵐᵉ)

Belle-mère et belle-fille . 1 vol. in-12. . . . . 5 fr.

TOPIN (MARIUS)

L'Europe et les Bourbons sous Louis XIV. (*Ouvrage couronné par l'Académie française : Prix Thiers.*) — 2ᵉ édit. 1 vol. in-12. . . . . 3 fr. 50

VILLEMAIN

La République de Cicéron, traduite et accompagnée d'une Introduction et de
Suppléments historiques. 1 vol. in-12.. . . . . 3 fr. 50
Choix d'Études SUR LA LITTÉRATURE CONTEMPORAINE : *Rapports académiques. Études
sur Chateaubriand, A. de Broglie, Nettement, etc.* 1 vol. in-12. . . . . 3 fr. 50
Cours de Littérature française, comprenant : le *Tableau de la Littérature au
XVIIIᵉ siècle* et le *Tableau de la Littérature au moyen âge.* Nouvelle édition. 6 vol.
in-12. . . . . 21 fr.
— **Tableau de la Littérature au XVIIIᵉ siècle.** 4 vol. in-12. . . . . 14 fr.
— **Tableau de la Littérature au moyen âge.** 2 vol. in-12. . . . . : . . 7 fr.
Tableau de l'Éloquence chrétienne au IVᵉ siècle, etc. Nouvelle édition. 1 fort
vol. in-12. . . . . 3 fr. 50
Discours et Mélanges littéraires : *Éloges de Montaigne et de Montesquieu. —
Notices sur Fénelon et sur Pascal. — Discours sur la critique. — Rapports et Dis-
cours académiques.* Nouv. édit. 1 vol. in-12. . . . . 3 fr. 50
Études de Littérature ancienne et étrangère : *Sur Hérodote. — Études sur Lu-
crèce, Lucain, Cicéron, etc. — De la corruption des lettres romaines. — Essai sur
les romans grecs. — Shakspeare, Milton; Byron, etc.* Nouvelle édition. 1 vol.
in-12. . . . . 3 fr. 50
Études d'Histoire moderne : *Discours sur l'état de l'Europe au XVᵉ siècle. —
Lascaris. — Essai historique sur les Grecs. — Vie de L'Hôpital.* Nouv. édit. 1 vol.
in-12. . . . . 3 fr. 50
Souvenirs contemporains d'Histoire et de Littérature. 2 vol. in-12. . . 7 fr. 50
— Première partie : **M. de Narbonne**, etc. Nouv. édit. 1 vol. in-12.. . . 3 fr. 50
— Deuxième partie : **Les Cent-Jours.** Nouv. édit. 1 vol. in-12. . . . . 3 fr. 50

VILLEMARQUÉ (H. DE LA)

Barzaz Breiz. Chants populaires de la Bretagne, recueillis et annotés
7ᵉ édit. (*Ouvrage couronné par l'Académie française.*) 1 vol. in-12 avec musique. . . . . 4 fr.
Le Grand Mystère de Jésus, drame breton du moyen âge, avec une Étude sur
le théâtre celtique. 2ᵉ édit. 1 vol. in-12. . . . . 3 fr. 50

VILLEMARQUÉ (H. DE LA) (*suite.*)

La Légende celtique et la Poésie des Cloîtres bretons. Nouvelle édition. 1 vol.
in-12. . . . . 3 fr. 50
L'Enchanteur Merlin (Myrdhinn). Son histoire, ses œuvres, son influence.
Nouv. édit. 1 vol. in-12. . . . . 3 fr. 50

WHYTE MELVILLE

Les Gladiateurs. Rome et Judée. Roman antique trad. par Bernard DEROSNE, avec
préface de TH. GAUTIER. 2ᵉ édit. 2 vol. in-12. . . . . 7 fr.

WITT (C. DE)

Études sur l'histoire des États-Unis d'Amérique. 2 vol. in-12. . . . 7 fr.
— **Histoire de Washington** *et de la fondation de la République des États-Unis*,
par M. CORNÉLIS DE WITT, avec une Étude par M. GUIZOT. Nouv. édit. 1 vol. in-12
avec carte. . . . . 3 fr. 50
— **Thomas Jefferson.** *Étude sur la démocratie américaine.* Nouvelle édition.
1 vol. in-12. . . . . 3 fr. 50

ZELLER

Les Empereurs romains. Caractères et portraits historiques. 2ᵉ édition, 1 vol.
in-12. . . . . 3 fr. 50
Entretiens sur l'histoire. — Antiquité et moyen âge. 1 vol. in-12. . 3 fr. 50
Entretiens sur l'histoire. — Moyen âge. 1 vol. in-12. . . . . 3 fr. 50

Conférences littéraires de la salle Barthélemy, au profit des blessés polo-
nais. *Première série,* par MM. SAINT-MARC GIRARDIN, LEGOUVÉ, LABOULAYE, HENRI
MARTIN, WOLOWSKI, FOUCHER DE CAREIL, F. DE LESSEPS, LACHAMBEAUDIE. 1 volume
in-12. . . . . 2 fr. 50
—— *Deuxième série,* par MM. ALBERT GIGOT, HENRI MARTIN, VIENNET, LEGOUVÉ,
LEFÈVRE-PONTALIS, YUNG, JULES SIMON, A. BARBIER, ODILON BARROT. 1 volume
in-12. . . . . 2 fr. 50

OUVRAGES DE M. ALLAN KARDEC

Qu'est-ce que le Spiritisme? Introduction à la connaissance du monde invisible
ou des Esprits. 3ᵉ édition, augmentée. 1 vol. in-12. . . . . 1 fr.
Le Spiritisme à sa plus simple expression. Exposé sommaire de l'Enseignement des Esprits et de leurs manifestations. In-12. . . . . 15 c.
Le Livre des Esprits, contenant : les principes de la doctrine spirite sur l'immortalité de l'âme, la nature des Esprits et leurs rapports avec les hommes; les lois
morales; la vie présente, la vie future et l'avenir de l'humanité, selon l'enseignement donné par les Esprits. 15ᵉ édition. 1 fort vol. in-12. . . . . . 3 fr. 50
Le Livre des Médiums, ou GUIDE DES MÉDIUMS ET DES ÉVOCATEURS, contenant
l'enseignement spécial des Esprits sur la théorie de tous les genres de manifestations, les moyens de communiquer avec le monde invisible, etc. 10ᵉ édition.
1 fort vol. in-12. . . . . 3 fr. 50
L'Évangile selon le spiritisme : PARTIE MORALE. 4ᵉ édit. 1 vol. in-12. 3 fr. 50

Révélations du monde des esprits, par J. ROZE, médium. 3 vol. in-12. . 3 fr.
Phénomènes des frères Davenport. Trad. du Dʳ NICHOLS. 1 v. in-12. . 2 fr. 50
Des forces naturelles inconnues, à propos des phénomènes produits par les
frères Davenport et par les médiums en général. Étude critique par HERMÈS.
In-12. . . . . 1 fr.
Histoire de Jeanne d'Arc, dictée par elle-même à Ermance DUFAUX. 2ᵉ édit.
1 vol. in-12. . . . . 3 fr.
Les Bardes druidiques. Synthèse philosophique du XIXᵉ siècle par M. A.
PEZZANI. 1 vol. in-12. . . . . 1 fr. 50

BIBLIOTHÈQUE D'ÉDUCATION MORALE

Première série à 3 fr. le vol. broché

M⁻ LA PRINCESSE DE BROGLIE

Les Vertus chrétiennes. — Les Vertus théologales et les Commandements de Dieu. Ouvrage approuvé par Mgr l'Archevêque de Paris. 2 vol. in-12, illustrés de lithographies et de vignettes.

M⁻ DE WITT, NÉE GUIZOT

Scènes d'histoire et de famille, 1 vol. in-12.

Une Famille à Paris. Scènes de la Vie des jeunes filles. 1 vol. in-12, orné de lithographies et vignettes.

Promenades d'une Mère, ou les douze Mois. 1 vol. in-12, orné de lithographies et de vignettes.

Les Petits Enfants, contes. 1 vol. in-12, orné de lithographies et de vignettes.

Contes d'une Mère à ses Enfants. 1 vol. in-12, orné de lithographies et de vignettes.

Une Famille à la campagne. 1 vol. in-12, orné de lithographies et de vignettes.

Hélène et ses Amies, histoire pour les jeunes filles ; traduit de l'anglais. 1 vol. in-12, orné de lithographies.

DE GERANDO ET B⁻ DELESSERT

Les Bons exemples, nouvelle morale en action. — *Charité et Dévouement.* 1 vol. in-12, illustré de jolies vignettes de J. DAVID.

—— 2° série : *Courage et Humanité.* 1 vol. in-12, illustré de jolies vignettes de J. DAVID.

M⁻ ULLIAC-TRÉMADEURE

André, ou LA PIERRE DE TOUCHE. (*Ouvrage couronné.*) Nouv. édit. 1 joli vol. in-12, illustré de lithographies.

Contes de ma mère l'Oie. Nouv. édit. 1 joli vol. in-12, illustré de lithographies.

MICHEL MASSON

Les Enfants célèbres, histoire des enfants qui se sont immortalisés par le malheur, la piété, le courage, le génie, etc. Nouvelle édition. 1 vol. in-12, orné de lithographies et vignettes.

Les Lectures en famille. Simples récits du foyer domestique. 1 vol.

M⁻ GUILLON-VIARDOT

Cinq Années de la Vie des Jeunes Filles. (*L'Entrée dans le monde.*) Nouvelle édition. 1 joli vol. in-12.

M⁻ A. TASTU

Lettres choisies de madame de Sévigné, avec son Éloge. (*Couronné par l'Académie française.*) 1 vol. in-12.

Deuxième série à 2 fr. le vol. broché.

M⁻ GUIZOT

L'Écolier, ou RAOUL ET VICTOR. (*Ouvrage couronné par l'Académie française.*) 12° édition. 2 vol. in-12, 8 vignettes.

Une Famille, par M⁻ GUIZOT, ouvrage continué par M⁻ A. TASTU. 7° édition. 2 vol. in-12, 8 vignettes.

Les Enfants. Contes pour la jeunesse. 10° édition. 2 vol. in-12, 8 vignettes.

Nouveaux Contes pour la jeunesse, 9° édition. 2 vol. in-12, 8 vignettes.

Récréations morales. Contes pour la jeunesse. 10° édit. 1 vol. in-12, 4 vign.

Lettres de Famille sur l'éducation. (*Ouvrage couronné par l'Académie française.*) 5° édition. 2 vol. in-12. . . . . 6 fr.

Mme F. RICHOMME

Julien et Alphonse, ou le Nouveau Mentor. *(Ouvrage couronné par l'Académie française.)* 1 vol. in-12, 6 lithographies.

ERNEST FOUINET

Souvenirs de Voyage en Suisse, en Grèce, en Espagne, etc., ou Récits du capitaine Kernoel, destinés à la jeunesse. 1 vol. in-12 avec 6 lithographies.

Mlle C. DELEYRE

Contes pour les enfants de 5 à 7 ans. Nouv. édit. revue par Mme F. Richomme. 1 vol. in-12, avec jolies lithographies.

Contes pour les enfants de 7 à 10 ans. Nouv. édit. revue par Mme F. Richomme. 1 vol. in-12, avec jolies lithographies.

Mlle ULLIAC-TRÉMADEURE

Les Jeunes Naturalistes. Entretiens familiers sur les *animaux*, les *végétaux* et les *minéraux*. 5e édition. 2 vol. in-12, ornés de 32 vignettes.

Claude, ou le Gagne-Petit. *(Ouv. cour. par l'Acad. fr.)* 2e édit. 1 v. in-12, 4 vign.

Étienne et Valentin, ou Mensonge et Probité. *(Ouvrage couronné.)* 3e édition. 1 vol. in-12. 4 vignettes.

Les Jeunes Artistes. Contes sur les beaux-arts. Nouv. édit. 1 vol. in-12. 4 vig.

Contes aux jeunes Naturalistes sur les animaux domestiques. 5e édition. 1 vol. in-12, 4 vignettes.

Émilie, ou la jeune Fille auteur. 1 vol. in-12. 4 vignettes.

Mme A. TASTU

Les Récits du Maître d'école imités de César Cantu. 1 vol. in-12. 4 vignettes.

Les Enfants de la vallée d'Andlau, notions familières sur la religion, les merveilles de la nature, etc., par Mmes Voïart et A. Tastu. 2 vol. in-12, 8 vignettes.

Lectures pour les Jeunes Filles. Modèles de littérature en *prose* et en *vers*, extraits des Écrivains modernes. 2 vol. in-12, 8 portraits.

Album poétique des jeunes Personnes, ou Choix de poésies, extrait des meilleurs auteurs. 1 vol. in-12, 4 portraits.

Mme DELAFAYE-BRÉHIER

Les Petits Béarnais. Leçons de morale. 12e édition. 2 vol. in-12, 8 vignettes.

Les Enfants de la Providence, ou Aventures de trois Orphelins. 6e édition, revue par Mme F. Richomme. 2 vol. in-12, 8 vignettes.

Le Collége incendié, ou les Écoliers en voyage. 6e édit. 1 vol. in-12, 4 vigr.

Mme L. BERNARD

Les Mythologies racontées à la jeunesse. 5e édition. 1 vol. in-12, orné de gravures d'après l'antique.

BERQUIN

L Ami des Enfants. Édition complète. 2 vol. in-12, 32 figures.

Mme ÉL. MOREAU-GAGNE

Voyages et aventures d'un jeune Missionnaire en Océanie, etc. 1 vol. in 12. 4 lithographies.

FERTIAULT

Les Voix amies. Enfance, jeunesse, raison. Poésies. 1 vol. in-12.

CARTERON

Causeries sur l'histoire naturelle. *Oiseaux et Papillons.* 1 vol. in-12.

OUVRAGES ILLUSTRÉS GRAND IN-8

Mᵐᵉ TASTU

Éducation maternelle. *Simples leçons d'une mère à ses enfants,* sur la lecture, l'écriture, l'arithmétique, la grammaire, la mémoire, la géographie, l'histoire sainte, etc. Nouvelle édition, imprimée avec luxe, illustrée de 500 jolies vignettes et cartes coloriées. 1 vol. grand in-8, papier jésus glacé. . . . . 15 fr.

Le premier Livre de l'Enfance, lecture et écriture Extrait de l'*Education maternelle.* 1 vol. de 80 pages, grand in-8, illustré de plus de 100 vignettes, papier vélin glacé, cartonné avec la couverture. . . . . 2 fr.

FÉNELON

Les Aventures de Télémaque et les Aventures d'Aristonoüs. Édition illustrée par TONY JOHANNOT, BARON, C. NANTEUIL, etc., accompagnée d'ETUDES, par MM. VILLEMAIN, S. DE SACY, de l'Académie française, et J. JANIN, et suivie d'un *Vocabulaire historique et géographique.* 1 beau vol. grand in-8, illustré de plus de 200 belles vignettes.. . . . . 9 fr.

MICHEL MASSON

Les Enfants célèbres. Histoire des enfants qui se sont immortalisés par le malheur, la piété, le courage, le génie et les talents. Nouvelle édition. 1 beau vol. grand in-8, illustré de très-jolies lithographies et de vignettes sur bois. 8 fr.

Mᵐᵉ GUIZOT

L'Amie des Enfants. PETIT COURS DE MORALE EN ACTION, comprenant tous les Contes de Mᵐᵉ GUIZOT. Nouvelle édition, enrichie de *Moralités* en vers, par Mᵐᵉ ELISE MOREAU. 1 fort vol. grand in-8, illustré de belles gravures. . . 8 fr.

L'Écolier, ou RAOUL ET VICTOR. (*Ouvrage couronné par l'Académie française.*) Nouvelle édition. 1 joli vol. grand in-8, illustré de belles lithographies.. 8 fr.

PITRE-CHEVALIER

La Bretagne ancienne depuis son origine jusqu'à sa réunion à la France. Nouvelle édition. 1 beau vol. grand in-8, illustré par MM. A. LELEUX, PENGUILLY et T. JOHANNOT, de plus de 200 belles vignettes sur bois, gravures sur acier, types et cartes coloriés. . . . . 15 fr.

La Bretagne moderne depuis sa réunion à la France jusqu'à nos jours. *Histoire des États et des Parlements, de la Révolution dans l'Ouest, des guerres de la Vendée,* etc., illustrée par MM. LELEUX, PENGUILLY et T. JOHANNOT. 1 beau vol. grand in-8, orné de plus de 200 vignettes sur bois, gravures sur acier, types et cartes coloriés.. . . . . 15 fr.

La Suisse illustrée. Description et histoire de ses vingt-deux cantons, par MM. DE CHATEAUVIEUX, DUBOCHET, FRANCINI, MONNARD, MEYER DE KNONAU, DE KÜTTIMANN, SCHNELL, STROHMEIER, DE TSCHARNER, HENRY ZSCHOKKE, etc.; *illustrée* de 52 jolies vues gravées sur acier et carte. 1 vol. gr. in-8 jésus. Nouvelle édit. 10 fr.

— LE MÊME OUVRAGE, en 2 vol. grand in-8, *illustrés* de 90 jolies vues gravées sur acier, costumes coloriés et cartes. . . . . 20 fr.

BUFFON

Le Petit Buffon illustré. Histoire naturelle des *Quadrupèdes,* des *Oiseaux,* des *Insectes* et des *Poissons;* extraite de BUFFON, LACÉPÈDE, OLIVIER, etc., par le bibliophile JACOB. 4 vol. gr. in-32, ornés de 525 figures gravées sur acier. 6 fr.

— LE MÊME, avec les 525 figures coloriées avec soin. . . . . 10 fr.

BERQUIN

Œuvres complètes de Berquin, renfermant *l'Ami des Enfants et des Adolescents, le Livre de famille, Sandford et Merton,* etc. 4 vol. in-8, format anglais, illustrés de 200 vignettes. . . . . 10 fr.

— **L'Ami des Enfants et des Adolescents.** 2 vol. in-8, avec 100 fig. . 6 fr.

— **Le Livre de Famille.** 1 vol. in-8 avec 50 vignettes. . . . . 5 fr.

— **Sandford et Merton.** 1 vol. in-8, avec 50 vignettes. . . . . 5 fr.

L'Ami des Enfants. Nouvelle édition complète. 1 vol. grand in-8, illustré de jolies lithographies et de vignettes. . . . . 7 fr. 50

CONTES ALLEMANDS DU TEMPS PASSÉ

Extraits des recueils des frères Grimm, de Simrock, de Bechstein, de Musæus, de Tieck, Hoffmann, etc., etc., avec une légende de Lorcley, traduits par FÉLIX FRANK et E. ALSLEBEN, avec une préface de M. LABOULAYE, de l'Institut. 1 beau vol. gr. in-8, illustré de 25 vignettes de Gostiaux. . . . . 8 fr.

HERBIER DES DEMOISELLES

Traité de la Botanique présentée sous une forme nouvelle et spéciale, contenant la description des plantes et les classifications, l'exposé des plantes les plus utiles; leur usage dans les arts et l'économie domestique et les souvenirs historiques qui y sont attachés; les règles pour herboriser; la disposition d'un herbier; etc., etc., par ED. AUDOUIT, édit. revue par le Dr HOEFER. 1 v. in-8, *illustré* de 355 jolies vignettes coloriées. . . . . 10 fr.
— LE MÊME OUVRAGE. 1 vol. in-12, avec les grav. noires. . . . . 5 fr.
—   —   —   —   grav. coloriées. . . . . . . 7 fr. 50

Atlas de l'Herbier des Demoiselles, dessiné par BELAIFE, gravé et colorié avec soin. Joli album in-4 (*Nouvelle édition sous presse*).

DICTIONNAIRE DE MÉDECINE USUELLE

A l'usage des gens du monde, des chefs de famille et des grands établissements, des administrateurs, des magistrats, des officiers de police judiciaire, et enfin de tous ceux qui se dévouent au soulagement des malades.

Par une société de Membres de l'Institut, de l'Académie de médecine, de Professeurs, de Médecins, d'Avocats, d'Administrateurs et de Chirurgiens des hôpitaux dont les noms suivent : ANDRIEUX, ANDRY, BLACHE, BLANDIN, BOUCHARDAT, BOURGERY, CAFFE, CAPITAINE, CARRON DU VILLARDS, CHEVALIER, CLOQUET (J.), COLOMBAT, COTTEREAU, COUVERCHEL, CULLERIER (A.), DELEAU, DEVERGIE, DONNÉ, FALRET, FIARD, FURNARI, GERDY, GILET DE GRAMMONT, GRAS (ALBIN), GUERSENT, HARDY, LARREY (H.), LAGASQUIE, LANDOUZY, LÉLUT, LEROY D'ETIOLLES, LESUEUR, MAGENDIE, MARC, MARCHESSEAUX, MARTINS, MIQUEL, OLIVIER (D'ANGERS), ORFILA, PAILLARD DE VILLENEUVE, PARISET, PLISSON, POISEUILLE, SANSON (A.), ROYER-COLLARD, TRÉBUCHET, TOIRAC, VELPEAU, VÉE, etc. Publié sous la direction du docteur BEAUDE, médecin inspecteur des eaux minérales, membre du Conseil de salubrité. 2 forts vol. in-4. . . . . 24 fr.
Demi-reliure dos de chagrin. . . . . 30 fr.

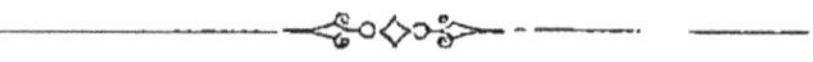

ŒUVRE DE DAVID (D'ANGERS)

Collection de 125 portraits contemporains gravés par les procédés de M. ACH. COLLAS, d'après les médaillons du célèbre artiste. Chaque portrait séparément. . . . . 75 c.

Portraits de Washington, de Napoléon Ier, de Louis-Philippe, gravés d'après les procédés de M. ACH. COLLAS. In-folio, chacun. . . . . 3 fr.

Bas-reliefs du Parthénon et du temple de Phigalie, disposés suivant l'ordre de la composition originale et gravés d'après les procédés de M. ACH. COLLAS. 1 joli album in-4 oblong, contenant 20 planches et un texte de 40 pages, par M. CH. LENORMANT, de l'Institut, cartonné élégamment à l'anglaise. . . . . 15 fr.

OUVRAGES DE NAPOLÉON LANDAIS

ET DE SES COLLABORATEURS

Grand Dictionnaire général des Dictionnaires français, résumé de tous les dictionnaires, par N. LANDAIS, 14ᵉ édition, revue et augmentée d'un *Complément* de 1,200 pages. 3 vol. réunis en 2 vol. grand in-4 de 3000 pages.. . . . . . 40 fr.
Ce dictionnaire contient la nomenclature exacte des mots *usuels* et *académiques, archaïques et néologiques, artistiques, géographiques, historiques, industriels, scientifiques*, etc., *la conjugaison de tous les verbes irréguliers, la prononciation figurée des mots, les étymologies savantes, la solution de toutes les questions grammaticales*, etc.

Complément du Grand Dictionnaire de Napoléon Landais, pour les onze premières éditions, par une société de savants sous la direction de MM. D. CHÉSUROLLES et L. BARRÉ. 1 fort vol. in-4 de près de 1,200 pages à 3 colonnes. . 15 fr.

Grammaire générale des Grammaires françaises, présentant la solution de toutes les questions grammaticales, par N. LANDAIS. 6ᵉ édit. 1 vol. in-4. . 9 fr.

Petit Dictionnaire des Dictionnaires français, par N. LANDAIS. Ouvrage *entièrement refondu*, et offrant, sur un nouveau plan, la nomenclature complète, la prononciation nécessaire, la définition claire et précise et l'*étymologie* vraie de tous les mots du vocabulaire usuel et littéraire, et de tous les termes scientifiques, artistiques et industriels de la langue française, par M. CHÉSUROLLES. 1 très-joli vol. in-32 de 600 pages.. . . . . 1 fr. 50

Dictionnaire des Rimes françaises, disposé dans un ordre nouveau d'après la distinction des rimes en *suffisantes, riches* et *surabondantes*, etc., précédé d'un *Traité de Versification*, etc., par N. LANDAIS et L. BARRÉ. 1 vol. in-32. . 1 fr. 50

Petit Dictionnaire biographique des personnages célèbres de tous les temps et de tous les pays, *extrait du Dictionnaire de Napoléon Landais*, par M. D. CHÉSUROLLES. 1 fort vol. grand in-32 de 600 pages.. . . . . 1 fr. 50

DICTIONNAIRE DE TOUS LES VERBES

De la langue française tant *réguliers qu'irréguliers*, entièrement conjugués, sous forme synoptique, précédé d'une théorie des verbes et d'un traité des participes, etc. d'après l'ACADÉMIE, LAVEAUX, TRÉVOUX, BOISTE, NAPOLÉON LANDAIS et nos grands écrivains; par MM. VERLAC et LITAIS DE GAUX, professeur, membre de la Société grammaticale de Paris, etc. 1 beau vol. in-4. Nouv. édit.. . . . . 10 fr.

VERGANI

Grammaire italienne en 20 leçons, revue par MORRETTI et augmentée par BRUNETTI. Nouvelle édition. 1 vol. in-12.. . . . . 1 fr.

LE CORPS DE L'HOMME

Traité complet d'anatomie et de physiologie humaine, suivi d'un *Précis des Systèmes de* LAVATER *et de* GALL; à l'usage des gens du monde, des médecins et des élèves, par le docteur GALET. 4 vol. in-4, *illustré* de plus de 400 figures dessinées d'après nature et lithographiées. . . . . 90 fr.
— LE MÊME OUVRAGE, avec les 400 figures coloriées avec le plus grand soin. 140 fr.

NOUVELLE COLLECTION DES MÉMOIRES RELATIFS A L'HISTOIRE DE FRANCE

Par MM. Michaud et Poujoulat,

Avec la collaboration de MM. Champollion, Basin, Moreau, etc.

34 volumes grand in-8 jésus à 2 col., illustrés de plus de 100 portraits sur acier. Prix: 360 fr.

TOME I.

G. DE VILLEHARDOUIN. — H. DE VALENCIENNES. P. SARRAZIN. — SIRE DE JOINVILLE. — Sur le règne de saint Louis et les Croisades (1198-1270). DU GUESCLIN. — Mémoires (13...-1380). CHRISTINE DE PISAN — Le Livre des faits, etc., du roi Charles V (1338-1372).

TOME II.

CH. DE PISAN.—Le Livre des faits, 2e part. (1375-1380). EXTRAITS DES CHRONIQUEURS, sur les règnes de Philippe le Hardi, etc., jusqu'à Jean II. JEAN LE MAINGRE dit BOUCICAUT (1368-1421). J. DES URSINS (1380-1422).—P. DE FENIN (1407-1427). ANONYME. — Journal d'un bourgeois de Paris sous Charles VI (1409-1422).

TOME III.

MÉMOIRES sur Jeanne d'Arc (1422-1429). G. GRUEL. — Hist. d'Artus de Richemont (1418-1457). ANONYME. — Journal d'un bourgeois de Paris sous Charles VII (1422-1449). O. DE LA MARCHE. — J. DU CLERCQ (1435-1489).

TOME IV.

PH. DE COMINES. — Mém. (1464-1498). JEAN DE TROYES. — Chronique (1460-1483) S. DE VILLENEUVE. — Mém. (1494-1497). J. BOUCHET. — Panég. de la Trémouille (1460-1525). LE LOYAL SERVITEUR. — Hist. du bon chevalier Bayard (1476-1524).

TOME V.

LA MARK, seign. de Fleurange. — Hist. des règnes de Louis XII et de François Ier (1499-1521). LOUISE DE SAVOIE. — Journal (1476-1522). MARTIN et G. DU BELLAY. — Mém. (1513-1547).

TOME VI.

F. DE LORRAINE, duc de Guise. — Mém. (1547-1561). L. DE BOURBON, prince de Condé (1559-1564). A. DU PUGET. — Mémoires (1561-1596).

TOME VII.

B. DE MONTLUC. — FR. DE RABUTIN. — Commentaires (1521-1574).

TOME VIII.

SAULX-TAVANNES. — Mémoires (1515-1595). SALIGNAC. — Le siège de Metz (1552). COLIGNY. — Le siège de S.-Quentin (1557). LA CHASTRE. — Mémoires du duc de Guise en Italie, etc. (1556-1557). ROCHECHOUART. — ACH. GAMON. — J. PHILIPPI. — Mémoires (1497-1590).

TOME IX.

VIEILLEVILLE. — Mém. (1527-1571). — CASTELNAU. (1559-1570). — J. DE MERGEY (1534-1589). — FR. DE LA NOUE (1562-1570).

TOME X.

B. DU VILLARS. — Mém. (1559-1569). — MARG. DE VALOIS. (1569-1582). — PH. DE CHEVERNY. (1553-1582). — PH. HURAULT, év. de Chartres. (1599-1601).

TOME XI.

DUC DE BOUILLON. — Mém. (1555-1586). — CH. DUC D'ANGOULÊME (1589-1593). — DE VILLEROY. Mém. d'État (1581-1594). — J.-A. DE THOU (1553-1601). J. CHOISNIN. — Mém. sur l'élection du roi de Pologne (1571-1573). J. GILLOT, L. BOURGEOIS, DUBOIS. — Relations touchant la régence de Marie de Médicis, etc. MATH. MERLE et S.-AUDAN. — Mém. sur les guerres de religion (1572-1587). M. DE MARILLAC et CLAUDE GROULART. — Mém. et voyages en cour (1588-1600).

TOMES XII-XIII.

P. — Chronol. novenaire (1589-. — septenaire, etc. (1598-1604).

TOMES XIV-XV.

P. DE L'ESTOILE. — Registre-journal d'un curieux, etc. (1574-1589), publié d'après le manuscrit autographe presque entièrement inédit, par MM. Champollion. — Mém. et journal (1559-1611.)

TOMES XVI-XVII.

SULLY. — Mém. des sages et royales œconomies d'Estat, etc. (1570-1628). MARBAULT, secrétaire de Duplessis-Mornay. — Remarques inédites sur les Mémoires de Sully.

TOME XVIII.

JEANNIN. — Négociations (1598-1609).

TOME XIX.

FONTENAY-MAREUIL (1609-1647). PONTCHARTRAIN. Mém. (1610-1620). — M. DE MARILLAC. — Relation exacte de la mort du maréchal d'Ancre. — ROHAN. Mém. sur la guerre de la Valteline, etc. (1610-1629).

TOME XX.

BASSOMPIERRE (1597-1610). D'ESTRÉES (1610-1617). TH. DU FOSSÉ. — Mémoires de Pontis (1597-1652).

TOMES XXI-XXII.

CARDINAL DE RICHELIEU. — Mémoires (1600-1635).

TOMES XXIII.

C. DE RICHELIEU. — Mém. et Testam. (1635-1642). ARNAULD D'ANDILLY. — Mém. (1610-1636). ABBÉ ANT. ARNAULD (1634-1675). GASTON, duc d'Orléans (1608-1636). DUCHESSE DE NEMOURS. — Mémoires.

TOME XXIV.

Mme DE MOTTEVILLE. — LE P. BERTHOD (1615-1665).

TOME XXV.

CARD. DE RETZ. — Mémoires (1648-1679).

TOME XXVI.

GUY JOLY. — Mém. (1648-1665). CL. JOLY. — Mém. (1650-1655). — P. LENET. — Mém. (1627-1659).

TOME XXVII.

BRIENNE (1615-1661). — MONTRÉSOR (1632-1637). FONTRAILLES. — Relation de la cour, pendant la faveur de M. de Cinq-Mars (1641). LA CHATRE. — Mém. (1642-1643). — TURENNE. Mém. (1643-1659). — DUC D'YORK. Mém. (1652-1659).

TOME XXVIII.

Mlle DE MONTPENSIER. — Mémoires (1627-1688). V. CONRART. — Mém. (1652-1661).

TOME XXIX.

MONTGLAT. — Mém. sur la guerre entre la France et la maison d'Autriche (1635-1660). LA ROCHEFOUCAULD. — Mém. (1630-1652). GOURVILLE. — Mémoires (1642-1698).

TOME XXX.

O. TALON. — Mém. (1630-1653). — CHOISY (1644-1724).

TOME XXXI.

HENRI, duc de Guise. — Mém. (1647-1648). — GRAMONT. — Mém. (1604-1677). — GUICHE. — Relation du passage du Rhin. — DU PLESSIS. — Mém. (1622-1671). M. DE *** (de Brégy). — Mém. (1613-1690).

TOME XXXII.

LA PORTE. — Mém. (1624-1666). CHEVALIER TEMPLE. — Mém. (1672-1679). MME DE LA FAYETTE. — Hist. de Mme Henriette d'Angleterre. — Mém. de la cour de France (1688-1689). LA FARE. — Mém. (1661-1693). — BERWICK. — Mem (1670-1734). — CAYLUS. — Souvenirs. — TORCY. — Mém. p. servir à l'hist. des négociat. (1697-1719).

TOME XXXIII.

VILLARS. — Mém. (1672-1734). — FORBIN (1677-1710). — DUGUAY-TROUIN. — Mémoires (1689-1710).

TOME XXXIV.

DUC DE NOAILLES. — Mém. (1663-1766). — DUCLOS. — Mém. secrets, etc. (1715-1725). Mme DE STAAL-DELAUNAY. — Mémoires.

TRÉSOR
DE NUMISMATIQUE
ET DE GLYPTIQUE

OU

Recueil général des Médailles, Monnaies, Pierres gravées, Bas-Reliefs, Ornements, etc.

TANT ANCIENS QUE MODERNES

LES PLUS INTÉRESSANTS SOUS LE RAPPORT DE L'ART ET DE L'HISTOIRE

GRAVÉ PAR LES PROCÉDÉS DE M. ACHILLE COLLAS

SOUS LA DIRECTION DE

M. PAUL DELAROCHE, peintre; M. HENRIQUEL DUPONT, graveur,

M. CHARLES LENORMANT, conservateur de la Bibliothèque, membre de l'Institut, etc.

**20 parties ou volumes in-folio, comprenant plus de 1,000 planches
accompagnées d'un texte historique et descriptif.**

PRIX : **1,260** FR.

DIVISION DES VINGT PARTIES

I

II

III

IV

JOURNAL DES SAVANTS

COMPOSITION DU BUREAU :

M. LE MINISTRE DE L'INSTRUCTION PUBLIQUE, *Président.*

Assistants

M. LEBRUN, de l'Académie française.
M. GIRAUD, de l'Acad. des sciences morales.
M. NAUDET, de l'Académie des inscriptions et des sciences morales.
M. MÉRIMÉE, de l'Acad. fr. et des inscript.

Auteurs

M. VILLEMAIN, de l'Acad. fr. et des inscrip.
M. CHEVREUL, de l'Académie des sciences.

M. PATIN, de l'Académie française.
M. MIGNET, de l'Acad. fr. et des sc. morales.
M. L. VITET, de l'Acad. fr. et des inscript.
M. B. SAINT-HILAIRE, de l'Ac. des sc. mor.
M. LITTRÉ, de l'Académie des inscriptions.
M. FRANCK, de l'Acad. des sciences morales.
M. BEULÉ, de l'Acad. des beaux-arts.
M. J. BERTRAND, de l'Acad. des sciences.
M. SAINTE-BEUVE, de l'Acad. française.
M. CLAUDE BERNARD, de l'Académie des sciences.

CONDITIONS DE L'ABONNEMENT

Le *Journal des Savants* paraît chaque mois par cahiers de 8 feuilles in-4. Le prix de l'abonnement est de 36 fr. par an pour Paris, et de 40 fr. pour les départements.

Chaque année forme 1 volume. Il reste encore quelques exemplaires de la collection en 49 vol. au prix de 735 fr. On peut avoir ensemble ou séparément les années depuis 1830 jusqu'en 1865 au prix de 25 fr.

REVUE ARCHÉOLOGIQUE

OU

RECUEIL DE DOCUMENTS ET DE MÉMOIRES RELATIFS A L'ÉTUDE DES MONUMENTS
A LA NUMISMATIQUE ET A LA PHILOLOGIE

DE L'ANTIQUITÉ ET DU MOYEN AGE

PUBLIÉS PAR

MM. le vicomte de Rougé, de Longpérier, F. de Saulcy, Alfred Maury,
le duc de Luynes, Renier, Brunet de Presle, Miller, Egger, Beulé,
Membres de l'Institut ;

Viollet-le-Duc, Architecte du Gouvernement ;
le général Creuly, A. Bertrand, Chabouillet, de la Société des Ant. de France.
A. Mariette, Deveria, Conservateurs du Musée du Louvre ;
Vallet de Viriville, Professeur à l'École des chartes ; Perrot, Heuzey,
de l'École d'Athènes, etc.
ET LES PRINCIPAUX ARCHÉOLOGUES FRANÇAIS ET ÉTRANGERS

MODE ET CONDITIONS DE L'ABONNEMENT

La *Revue archéologique* paraît chaque mois par cahiers de 64 à 80 pages grand in-8, qui forment, à la fin de chaque année, deux volumes ornés de planches gravées sur acier et de gravures sur bois intercalées dans le texte.

Prix : Paris : Un an, 25 fr. — Départements : Un an, 27 fr.

Les années 1860 à 1868, formant les 18 premiers volumes de la nouvelle série. coûtent chacune 25 fr. (Le souscripteur à l'année 1869 peut acquérir cette Collection pour 180 fr. au lieu de 225.)

PARIS. — IMP. SIMON RAÇON ET COMP., RUE D'ERFURTH, 1.

9 782329 0288